中公文庫

# くますけと一緒に

新装版

新 井 素 子

中央公論新社

目次

# くますけと一緒に

# 一

昨日はお葬式だった。

パパとママの。

うちはあんまり親戚《しんせき》づきあいをしていないしょうがない家だったので（唯一《ゆいいつ》顔が判《わか》る、千葉のおばさんがこう言ってた。ただあたし、千葉のおばさんはあんまり好きではない）、こういう時、たよりになる親戚が、全然きてくれないのだそうだ。

でも、それでも。親戚だっていう人が、五、六人来た。遠縁って親戚の人。

学校からは、先生とクラス委員が二人。押坂《おしざか》先生だけじゃなく、三年の時の担任の木島《きじま》先生もきていた。

あと、知らないおじさんやおばさん――パパの会社の人やお友達、ママのお友達だそうだ――が沢山と、近所の人と、裕子《ゆうこ》さん。

近所のおばさん達は、千葉のおばさんの指揮で、お葬式の用意だの何だの、ずいぶんいろいろとやってくれたのだそうだけど、結局の処《ところ》、少しでもあたしにかまってくれ、少しでもあたしに優しくしてくれたのは、裕子さんだけだった。

裕子さんが来てくれた時、あたし、千葉のおばさんの手で、無理矢理黒い服に着替えさせられていた。おばさんは、あたしの簞笥《たんす》の中をひっくり返し（あたしがあんな服の出し方をしたら、絶対ママに叱《しか》られるのに、おばさんは大人だから叱られない。いいな。あ、でも、ママはもう死んじゃったから、あたしのことを叱ったりしないのか）、『ああもう、中学へあがっていれば制服でいいのに、この年じゃ喪服になりそうな服なんてありゃしない』ってぶつぶつ言いながら、それでもフリルのついた黒い服をみつけだして、嫌《いや》がるあたしに無理矢理それを着せつけたの（だって、この服は、『とっておき』の服だから、普段は絶対着ちゃいけません、おまえはいつも服を汚すからって、ママが言っていたんだもん。それとも……お葬式って、『とっておき』の、日なんだろうか？）。それからおばさん、あたしの手からくますけを引き離そうとして、嫌がったあたしが泣きだしそうになった時、裕子さんがやってきたのだ。

「ああ、成美《なるみ》ちゃん」

あたしの部屋は、玄関の一番近くにある。いつの間にか玄関からはいってきた裕子さん、リビングの方に作ってあるお葬式セットの処へゆく前に、まずあたしの部屋をのぞいてくれ、無言でくますけにしがみついているあたしとおばさんに目をとめた。

「成美ちゃん、可哀想《かわいそう》に、可哀想に」

それから裕子さん、千葉のおばさんをおしのけるようにすると、ぎゅっとあたしのことを抱きしめて、あたしにほおずりしてくれる。

「心細かったでしょう、成美ちゃん。パパとママがあんなことになるだなんて……裕子おばさんも、まだ、信じられないのよ」

「裕子さん……」

裕子さんのほおは、ぬれていた。それであたし、裕子さんが泣いているんだなってことが判って、何だか申し訳ないような気分になる。だって、裕子さんが泣いているのって、きっとママが死んで哀《かな》しいからだし、なのに、ママが死んで、一番哀しがらなきゃいけない筈《はず》のあたしは、全然泣いてなんかいないんだもの。

「あ……失礼ですが、あなたは、片山、さん？」

と。裕子さんにおしのけられて以来、不愉快そうな顔をして裕子さんとあたしを見ていた千葉のおばさん、はっと何かに気がついたような声をあげる。その声を聞いて裕子さん、あたしから手を離し、ちょっと右手で目をふいて、それから慌《あわ》てて千葉のおばさんに会《え》釈《しゃく》をする。

「あら、すいません、私ったら……ちょっと動転していたみたいで。片山裕子と申します。幸《ゆき》代《よ》さんとは、生前大変親しくしていただきました者です」

幸代っていうのは、ママのことなの。

「安西でございます。千葉に住んでいる、幸代の叔母です」

「あ、千葉のおばさま。千葉のおばさまのお話は、幸代さんからよく伺っておりました。何でも一番親しい御親戚の方で、大変お世話になっている方だって……」

「ああ、まあ……何せ、この家はほんとに親戚づきあいをろくにしない家で、親しい親戚って言ったらうちくらいしか……あら、ごめんなさいね、今言うようなことじゃありませんでしたわね。とにかく、ただ……今回のこと、幸代の叔母として、感謝致します。どうもありがとうございました」

千葉のおばさんの目の中。何だか微妙な感じがゆれているのが判る。自分をさしおいて、裕子さんが妙にあたしと親し気なのが気にいらないって感情と、でも、それ以上に、やっかいなことに巻き込まれなくてよかった、もの好きにも裕子さんがあたしを引き取るって決めてくれてほんとに良かったたって思いと。

「いえ、そのことは、今は。……ところで、私が邪魔をする格好になってしまいましたけれど、成美ちゃんのお仕度は、もう……？」

「ええ、これでいいと思いますよ。ただ、その……ぬいぐるみの熊《くま》はね、おいていかなきゃ、いけません」

それから。大人同士の会話を終えると、おばさん、またくますけに目を移し――あたしからくますけを取り上げようとする。

「あ、嫌っ！　嫌あ！　くますけはあたしといるのっ！」

くますけをひっぱるおばさん。必死になってくますけを取り上げられまいと、くますけにしがみつくあたし。裕子さんが、そんなあたし達の間に割り込んできてくれた。

「あの、安西さん。成美ちゃんはいつだってこのくますけを手放さない子ですから……まして、こんな、御両親のお葬式って日ですもの、くますけは成美ちゃんに抱かせておいてよろしいんじゃありませんの？」

「だって、そんな、あなた。成美はもう四年生ですよ。四年生にもなって、ぬいぐるみの熊が手放せないだなんて……まして、今日は、成美の両親の葬式なんです。そんな日に、成美が熊を抱いているだなんて……」

でも。

裕子さんがあくまで、きっとした表情をしてくれていたので、おばさん、しょうがなしに、くますけから手を離す。

「ま、いいでしょう。この子が、ぬいぐるみを終始手放せないような変な子で、まして親の葬式にも、涙一つ流すことなく、泣くっていったらぬいぐるみを奪われそうになった時だけだっていう変な子であっても、それで困るのは、どうせこの子を引き取ることになるあなたなのだから。私の知ったことじゃないわよ」

その時、おばさんの瞳《ひとみ》は、口で言うよりはるかに雄弁にそんなことを言っており――

それから、おばさん、肩を軽くすくめて、あたしのことは裕子さんにまかせたって感じで、あたしの部屋からでていってしまう。

「あの……裕子、さん？」

「なあに、成美ちゃん」

「あの……くますけ、連れていっちゃ、駄目《だめ》？　おいていかないと……変な子だって、みんなに思われる？」

「成美ちゃんがくますけをおいてゆく気になったなら、おいていったらいいと思うわ。くますけだって、じっとここで、成美ちゃんの帰りを待っていてくれるし。でも、もし、成美ちゃんがくますけにいて欲しいなら……なら、誰に遠慮することがあるの、連れておゆきなさい」

「うん！」

だからあたしは、裕子さんが好きなのだ。裕子さんが大好きなのだ。ひょっとしたら――うん、多分――パパやママより、好きなのかもしれない。

☆

……あたしは。

パパとママが、嫌《きら》いだった。

いっつも、怒っている、パパ。

やっぱり、いっつも、怒っている、ママ。

これだけでも充分嫌いだったのに、その上、パパとママは、しょっちゅう喧嘩《けんか》をしていたのだ。喧嘩して、喧嘩して、喧嘩して……結婚って、とっても嘘《うそ》だって、あたし、思っていた。好きあった二人が結婚するだなんて信じられない！　もし、本当に、一回でも好きあったことがあるなら、何でパパとママは、あんなにひどい喧嘩ばっかりしなきゃいけなかったの？

それに、その上。

喧嘩の理由の半分くらいが、あたしのことだっていうのが、もっと、我慢、できなかった。

成美はなんであんな子になったんです！

成美がおかしいのはおまえの愛情がたりないせいだ！

あなたこそ、いつ、成美にかまってくれました？

……あたしは、おかしいのだろうか？　たとえあたしには聞こえないって二人が思っている処で言っているだけであっても、パパとママは、あたしのことを『おかしい』と言った。葉子ちゃんみたいな苛《いじ》めっ子は、あからさまに、あたしのことを『おかしい』って笑った。

……あたしは、『おかしい』のだろうか? そして、あたしがおかしいから、好きあって結婚したパパとママは、あたしのせいで喧嘩をするんだろうか？

今。

パパとママが、同時に死んでしまって、実はあたし、全然哀しくないの。だって……あんな喧嘩を、これ以上毎日聞かされるくらいなら、二人が死んでしまった方がいいって、思っていたんだもの。

でも。

裕子さんでさえ、単なる、ママの友達でしかない、裕子さんでさえ、ママが死んだ為《ため》に泣いているって判ったあたし、何だか情けなくなる。

普通だったら、パパとママが死んで、一番泣くのはあたしの筈よね。なのに、そんなあたしが泣けないで、裕子さんが泣いてしまって……。

裕子さんの心を、意識した時だけ、あたし、何か、申し訳なくなる。恥ずかしくなる。

あたしは、パパとママが死んだって、全然、泣くことができないのだ――。

☆

裕子さんは、ママの親友だ。

あたしがもの心ついた時から、最低でも月に二回くらいは、裕子さん、うちに遊びにきていた。パパとママのことが好きじゃなくなってからは特に、あたしは裕子さんのことが好きで——ただ一人、この世の中であたしが心から好きな人は、この裕子さんだろう。

あたしが裕子さんのことを裕子さんって呼ぶと、世の中の大人の中には眉《まゆ》をしかめる人がいる。そういう人達は、あたしに、裕子さんのことを『裕子おばさま』とか『片山のおばさま』とか、せめて『片山さん』って呼ぶようにって言う。裕子さんって呼び方は、対等の友人同士の呼び方で、あきらかに目下のあたしがそう呼ぶのはいけないのだそうだ。

でも、あたし、この理屈がよく判らない。あたしは裕子さんのこと、『裕子』って呼び捨てにしている訳じゃない。ちゃんと敬称の『さん』はつけているし、『裕子さん』が悪くて『片山さん』がいい理由、どうしてもよく判らない。まして——最近でこそ、結構な年になってしまった裕子さん、自分で自分のことを抵抗なく『裕子おばさん』って言うようになってるけど、昔は裕子さん、『おばさん』って呼ばれるのが本当に嫌いだったんだもの。本人が嫌がるように呼ぶのが礼儀にかなったことだなんて、あたしにはとっても筋が通っていないように思える。

この前の日の親族会議で（と、千葉のおばさんは言っていた。ろくに親戚がきてくれない筈のうちで、どうして『会議』なんてものができるのか、あたしにはこの理屈もよく判らない。会議って、ある程度の数、人がいないとできないんじゃないかしら？）、裕子さんがあたしを引き取ることになったって聞いた時は、あたし、本当に嬉《うれ》しかった。パパとママが死んだばかりだから、そんなことしたら不謹慎だって判っていて、だからやらなかったけど、ほんとは万歳したかったくらい。

死んだパパとママは、死んじゃって可哀想だとは思うけど、でも、パパとママから離れて、この先ずっと裕子さんと暮らせるなら——あたし、本当に嬉しいんだもの。

というのは。

裕子さんは、この世の中でただ一人、くますけのことを怒ったり笑ったりしない人なんだもの。あたしが、くますけと一緒にいることを普通に認めてくれる人なんだもの。くますけも、きっと裕子さんのことだけは好きだと思う。

パパとママは、隙《すき》さえあれば、あたしからくますけを取り上げて捨ててしまおうとしていた。先生は、一貫して、くますけを学校へ連れてきてはいけないって言ってた。葉子ちゃんみたいな苛めっ子は、あたしだけを苛めてればいいのに、くますけまで苛めた。親戚の人も、近所の人も、小学校四年生のあたしが、どこへ行くにもくますけと一緒じゃなきゃ嫌だって知ると、露骨にあたしのことを変な子だって目でみだした。

こうして、みんな、みんな、裕子さん以外の人はみんな、くますけを苛めたり莫迦《ばか》にしたり捨てようとしたり変な目で見るのだ。くますけは何も悪いことをしないっていうのに。くますけには、何一つ、悪いことなんてできないっていうのに。

……と、思い、たい。

……そうなんだろう、と、思う。

くますけは、ぬいぐるみだし、ぬいぐるみが悪いことをしただなんてお話は、あたし、今まで一回も読んだことはない。

でも。

今、あたしが、たった一つ気がかりなのは、これが罰ではないのかっていうこと。パパとママが死んでも、今の処あたしはそんなに哀しくないけれど、でも、ひょっとしてひょっとしたら、パパとママが死んだのは、神様があたしに与えた罰なのかも知れない。パパとママが死んだら、とにかく娘が哀しむだろうって、勝手に思ってしまった神様が、あたしに与えた罰なのかも知れない。

と、いうのは。

あたし、葉子ちゃんに大怪我《おおけが》をさせたのだ。ううん、あたしは何もしていないけど、くますけが――くますけが、あたしの頼みをきいて、葉子ちゃんを交通事故にあわせてしまったのだ。

そうしたら。葉子ちゃんの交通事故の次の日に、パパとママが交通事故で死んだ。

パパとママの死は、神様が、あたしに与えた罰なんだろうか？

もしそれが罰なら、それはそれで、いい。あたしは素直にその罰を受け止めてみせる。

その覚悟はあるのだけれど――でも、その時には、とても怖い事実を認めなきゃいけない。

その事実ってつまり――くますけは、悪いことができるぬいぐるみだってこと。勿論《もちろん》、基本的に悪いのはあたしなんだけど、でも、くますけには悪いことが実行可能なんだろうか？

それを、思うと、あたし、怖い。

この、くますけの、暗黒面を知られてしまったら、裕子さんだって、くますけのことを嫌ってしまうかも知れない。そんなことになったら、嫌だ、嫌だ、嫌だ。

パパも、ママも、先生も、みんな、くますけの暗黒面のことを知っていて、だからくますけのことを苛めたり捨てようとしたり変な目で見たんだろうか？

そんなことは、嫌だ。

あたしは、葉子ちゃんの死を願うみたいな悪い子だし、パパとママをしょっちゅうそれで喧嘩させちゃうような変な子だから、あたしのことはどうでもいいけど、でも、くますけは。

くますけは、悪くない。くますけは、どこも変じゃない。

くますけは、いい子なんだ。

二

「……やっと寝てくれた」

　平瀬夫妻のお葬式の二日後、平瀬成美を引き取って自宅の病院へ連れ帰った片山裕子、ほっと一息、息をつくと、さっきからわざとらしく書斎で水割りを飲んでいた夫の晃一《こういち》に笑いかけてみせる。

「成美ちゃんか」

　晃一の、声は、重い。実の処《ところ》、彼は、親友の忘れ形見であるっていうだけの理由で、十歳の女の子を引き取ることには最初から反対で——でも、この家に、半ば婿《むこ》養子のような状態でやってきて、義父から病院を相続した形になっている晃一、どうしても裕子の望みに逆らうことができない。だから、本当は頭ごなしに反対したいのに、それでもせいぜい説得するような形をとって。

「耳にたこができているとは思うが、でも、もう一回、言うぞ」

　こう言うと晃一、ちょっと息を吸い込んで。

「いいか。子供を引き取るっていうのは、それは大変なことなんだ。やってみたけど大変でした、やってみたけど駄目《だめ》でしたって、まさか返す訳にはいかない」

「判《わか》ってます」

ほんとに耳にたこができている。父にも何度も言われたし、友達にも、うちの病院のスタッフにも、嫌《いや》って程そう言われた。晃一だって、過去五回は同じことを言っている。

「親友の子供っていうのは、感傷だ。確かに、幸代さんは、おまえの大事な親友だったんだろう。でも、その娘が——成美ちゃんが——幸代さんみたいに育つって保証は何もないんだ。むしろ、幸代さんとは正反対な、おまえとはとても仲良くやってゆけない種類の人間に育っちまう可能性だって、充分ある」

「……判ってます」

「なら、何だって」

なら、何だって。

聞く前から答の判っている問を、残酷だなって思いながらも、ついつい、晃一、してしまう。

「あなたにだって判っていることじゃないですか。私に……私に、子供が、産めないからです。でも……でも、私、どうしてもどうしても子供が欲しいんです」

裕子は。

非常に母性本能の発達した女性だった。子供の頃《ころ》から、お嫁さんになるよりも、お母さんになることを夢みて育ったような女性だった。晃一と結婚した時も、しあわせな新婚生活を空想するより、可愛《かわい》い赤ちゃんと夫との満ちたりた生活の方を、まず、空想してしまうような女性だった。

なのに。ハネムーンの時から、ただそれだけを裕子は待ち望んでいたというのに、皮肉なことに、いつまでも、いつまでも、非常に順調に裕子の生理は来続けた。結婚五年目で、思い余って裕子は産婦人科医にかかるようになり――そして、生涯《しょうがい》、彼女が妊娠する可能性はないと告げられた。

晃一は、ことこの問題にかんして、裕子を責める言葉を、ただの一回も吐いた記憶はない。晃一は裕子を愛していたし、子供ができないことで誰より傷ついているのが他ならぬ裕子だということもよく判っていたし、残念だし辛《つら》いことでもあるが、子供のいない夫婦二人の生活っていうのも、慣れればそれなりに味のあるものだろうって、そう気分を転換することもできたのだ。

だが。

子供のいない、夫婦二人だけの生活。その言葉が持つイメージに、裕子の方は、どうしても慣れることができなかった。裕子にとって、その生活のイメージは、赤だの青だの、主要な色素が抜けてしまったカラー写真のようなもので、とうてい耐えられるものではなかったのだ。それから、裕子は、最初から無駄《むだ》だと医者に宣言されながらも、必死になって六年、産婦人科に不妊治療の為《ため》に通い続け、次の二年間、妹の冬実をくどき続け（裕子の妹・冬実は、三人の子供に恵まれた。その、冬実の三女・利美《としみ》を養女に欲しいって、二年、裕子はくどき続け……当然のことではあるが、冬実から断られ続けていた）——そして、今。親友・幸代の娘である、成美を引き取ることを決めてきたのだ。

「養子が……欲しいなら。方法だって、他にある。利美ちゃんをあきらめて、血のつながっていない子供でいいと思うなら、養子をもらう方法はいくらだってあるんだ」

晃一、これを言ったら裕子が怒るかなって思いながらも、でも、どうしてもこのことだけは言っておきたい。

「その……何だ、他人の子でいいのなら、もっとまともな子供を養子にできる筈《はず》で」

「あなた、怒るわよ。私、ほんとに、怒るわよ」

裕子の声。真実、怒りの沸騰《ふっとう》のその直前にいるみたいだった。成美のことを、『まともではない子』と言えば、裕子が怒ることは判っていた。だが——だが、成美は、真実、まともではない子ではないか。そうだ、これは、真実だから、事実だから、言ってもいい筈。晃一、そう判断すると、自分の声をはげまして。

「……可哀想《かわいそう》な言い草かも知れんが、でも、成美ちゃんはまともな子とは言いがたい。それは、おまえだって、判っているだろう？」

「ええ。成美ちゃんは、あの年になってもぬいぐるみを放すことができない、とんでもなく不健全な子ですわよ。異常な子って、言ってもいいのかも知れない」

裕子の声。もはや、完全に、怒っている。

「それが判っているなら何故《なぜ》……。……いいか、他人の子供でいいのなら、養子をもらうすべは、その気にさえなれば、多分、いろいろとある筈なんだ。そうすれば、精神的にまともな子だの、まだ赤ちゃんで、実の親のことを覚えていない子だの、もっとずっと条件のいい子がいる筈じゃないか。……何、大丈夫、今の日本では、たとえ引き取る人間がいなくても、成美ちゃんもそれなりの施設で幸福になれる」

「私に判らないのはね」

裕子、言いながら、タンブラーの中の水を、晃一にぶっかけないよう、必死に自制する。

「十歳でぬいぐるみを手放せない、十歳になっても人間のお友達ができない、十歳になってもぬいぐるみが生きているって信じてる、そんな成美ちゃんに『異常』だなんてレッテルをはる、そんな成美ちゃんを『不健全』だっていう、世間の方よ」

「え……おい……そんな、だって。そりゃ、充分不健全じゃないか」

「じゃ、うかがいますけど、『健全』ってどんなことなの？　確かに成美ちゃんは、一般の情緒発達過程からははずれてしまった精神生活を送っている。でも、一般じゃないからって、それがどうして『不健全』なの？　どうして成美ちゃんが『まともではない子』なの？」

「……そりゃ……世間一般の子は、そんなことをしないからさ」

「多数決で決める訳ね。つまり、ぬいぐるみが生きているって信じる人が、人口の半分を越えたら、あなたは精神異常者な訳ね」

「お、おい。誰もそんなことを言っていないだろう？」

「あなたが成美ちゃんのことを異常だって言う根拠って、ほとんどそんなようなものよ。世間一般じゃないから、異常だって。……でも、世間一般じゃないことが、そんなに悪いことだとは、私には全然、思えない」

「裕子……」

こと、ここにいたって。

晃一は、知る。

この問題にかんする限り、もはや裕子と議論することはできないということを。

そして。

しょうがないから、晃一は、承認するのだ。裕子が成美を引き取るということを。

「……で、成美ちゃん、だが」

しょうがないから、晃一、苦虫をかみつぶしたような表情になりながら、聞く。

「学校は、どうするんだい」

「え？　学校？」

この台詞《せりふ》により、晃一が、たとえ本意ではなかったにせよ、成美のことを受け入れるつもりになったって知った裕子、ちょっと気分が高揚して、それから少し、考えこんで。

「成美ちゃんが通っていた前の学校は、うちからじゃ遠すぎるだろう」

「え……ええ。それに……成美ちゃんって……苛《いじ》められっ子みたいだったから……あの学校に、続けて行かない方が、いいんじゃないかしら」

「なら、転校させるのか？」

「……それがいいかも知れない。でも、成美ちゃんは、ここしばらくの間、うちの病院に慣れなきゃいけない訳で……新しく、慣れなきゃいけないものが、二つもあるのはどうかしらねえ」

「さてね。案外、慣れなきゃいけないものが二つある方が、気分転換になるかも知れない」

「ならないかも知れない。……これっかりは、やってみなきゃ、判らないわよね」

裕子、こういうと、しばらく自分の右手の爪《つめ》をみつめる。これは、昔裕子が克服した癖のあとで、昔の裕子、何かあるとすぐ、右手の爪を噛《か》んでいたのだ。今の裕子は、もう、爪を噛んだりしないが――かわりに、時々、じっと爪をみつめてしまう。

「……成美ちゃんって、学業的にはまったく問題がないし……なら、ちょっと、休学させてみましょう」

「え？」

「一週間くらい、うちの病院に慣れるまで、成美ちゃん、学校へいかせないようにしようと思うの。これからまったく新しい環境に馴染《なじ》まなきゃいけないんだし、そのくらいの執行猶予《ゆうよ》期間は、あって当然だと思うの」

「だが裕子……判っているんだろうね？」

晃一、最後に、これだけは、この一言だけは、言わずにいられない。

「成美ちゃんは、確かに、あるいはまともな子なのかも知れない。おまえが思うに、まともな子なんだろう」

「あなた」

再び声がとがりだす裕子を制するように、晃一、一回、手をふって。

「だが、『むずかしい子』だ。いいか、これは、俺《おれ》の台詞じゃない。カウンセリングの先生が、こう言ったんだ。専門家が、言った台詞だよ。成美ちゃんは、情緒的に、かなり取り扱いがむずかしい子だ」

「………」

「その、ただでさえむずかしい子が、親の死のせいで、おそらくはもっとむずかしい子になっちまってるだろう。専門家にまかせた方がいいのではないか、こう提案したのは、その専門医だ。そのことは、おまえ、判っているんだろうな？」

「……ええ」

「それでも、おまえは、あくまでまともな子として成美ちゃんを引き取ろうっていうんだな？　あ、いや、いい、今の俺の『まともな子』発言に対する抗議は聞きたくない、とにかく、おまえは、それでも、成美ちゃんを、引き取ろうっていうんだな？」

「……ええ」

「なら、いい。なら、俺の言うことは何もない」

晃一は、こう言うと、グラスの中身をきれいに一息でのみほして、たん、と、グラスを、自分の机の上にのせ、グラスを残したまま部屋をでていってしまう。

後に残された裕子は、両手で晃一の机につかまり、しばらくの間机にもたれて感情をしずめ——それから、空になったグラスを持って、ふらふらと、台所の方へと歩いてゆく——。

三

あたしは、裕子さんの家に、住むことになった。

裕子さんの家は、病院だった。

東京の、郊外にある、総合病院。病院っていうより、開業医をちょっと大きく発展させたようなもの。

裕子さんの家は、病院の棟と、自宅の棟が、くっついていた。

まず、敷地全体に大きく『山口医院』の一階がある。(山口っていうのは、裕子さんの元の姓なのだ。片山は、旦那《だんな》さんの姓。だから、裕子さんの病院は、山口医院っていうのだ。)そして、二階には病院の入口とは全然違う処《ところ》からはいれる玄関があって、この階から一つの建物が病院であり裕子さんの家になっている。三階もそうで、あたしの部屋は三階。勿論《もちろん》、病院部分と自宅部分は一応区切ってあるのだけれど、いくつかドアがあって、一々玄関を経由しなくても直接病院部分へ行けるような構造になっている。だから。

家の中を探検する筈《はず》だったあたしは、気がつくと、いつの間にか、病院の中を探検していることになった。

ここは、内科のお部屋。ここは、外科のお部屋。ここは、手術室。

ぱたんって、ドアをあけるたびに、思いもかけなかったような風景が目にはいり、あたしは、夢中になって、ドアからドアにとびまわっていた。

「どいてください」

「邪魔ですよ」

夢中になって駆け回っていたせいで、あたしは何回か、看護婦さんとぶつかりそうになった。と、そのたびに看護婦さん達（別に実際にぶつかったっていう訳でもないのに）、妙に邪険にあたしのことをおい払おうとした。

病院に、病人でもない、あたしがいるのは邪魔なのかしら。

最初はあたし、そう思ったので、三回、看護婦さん達と接触しそうになってからは、注意して、できるだけ看護婦さんの邪魔にならないように、家の中を探検してまわった。

「子供のいる処じゃありません」

「でていってくださいな」

でも。どんなにあたしが注意していても、あたしのことをみかけた看護婦さんの視線は、不思議に何故《なぜ》かとげとげしく……ついに、あたし、できるだけ誰の視線にもふれない、非常用の階段の方へと、逃げるようにやってくることに、なったのだ。

　非常用の階段の、一階と二階の間、病院には一階と二階を結ぶ主階段がある為《ため》、まず人の来ない筈の処で、気がつくと、あたし、くますけを抱いて、いつものポーズをとっていた。

　まず、しゃがみこむ。両手で両ひざを抱くようにして。膝《ひざ》の上には、くますけ。くますけに、鼻をおしつける。このポーズをとって、正面をむいたくますけに鼻をおしつけると、あたしの鼻と、くますけの鼻面《はなづら》が、ちょうどくっつくような形になるのだ。ちょうど、あたしとくますけが、お互いのにおいをかぎあっているかのような形に。

「ねえ、くますけ。あたし、やっぱり、邪魔なのかな。裕子さんちに来ない方がよかったのかな」

　あたし、鼻をくますけにおしつけたまま――くますけのにおいをかぎながら、こんなことを言ってみる。

『さあ』

　このポーズをとっていると、くますけの言葉が、一番、よく、聞こえるのだ。

「さあって、くますけ、無責任！」

『無責任じゃないよ。なっちゃんにとって、何が一番いいのかなんて、神様じゃないから僕にはよく判《わか》らない』

「そ……だね」

くますけは、いつも、ほんとのことしか言わない。くますけは、いつも、無責任なことなんか絶対言わない。

「でも……ここの看護婦さん達、あたしのこと、嫌《きら》いみたい。そんな気がする」

『うん。嫌いかも知れないね』

「え、どして？　どして、くますけ。あたし、何か、看護婦さんに嫌われることした？……それとも、あたしが変な子だから、だから看護婦さん、あたしのこと嫌うの？」

『ううん、そんなことはないと思う。ただ……なっちゃんは、裕子さんの特別なお客としてここへ来ただろ、だから嫌われることがあるかも知れない』

「？　どして？」

『今までの印象から言うと、どうも裕子さん、看護婦さんにはあんまり好かれていないみたいだ。おまけに、なっちゃんを引き取るのは裕子さんの個人的な意見で、裕子さんの旦那さんはあんまりなっちゃんのこと、引き取りたいって思っていないみたいだろ？　いや、むしろ、引き取りたくないって思ってるみたいだ』

「うん」

旦那さんのことは、本当。一回だけ、裕子さんに連れられて裕子さんの旦那さんに挨拶《あいさつ》したけど、どう見ても、絶対、旦那さんはあたしのことを歓迎していなかった。今朝だって、朝食の間中、旦那さん、あたしのことをわざと見ないようにしていたもの。

『看護婦さん達は、ね、多分、もともと、裕子さんより旦那さん贔屓《びいき》なんだろう。で、ただでさえ旦那さん贔屓の処へ、裕子さんが、旦那さんの意見を無視して、勝手になっちゃんを引き取ってしまった。それやこれやを考えあわせると、裕子さんの特別のお客さんだってだけで、なっちゃんが嫌われる可能性はあるな』

「……みんな……裕子さんより旦那さんの方が好きなの？　でも……そんなことって、あるのかしら。裕子さん、あんなにいい人なのに」

『裕子さんがいい人だっていうのは、なっちゃんの主観だ。他の人には当然他の人なりの意見がある。これは、判るよね』

「……うん」

今のくますけの台詞《せりふ》は、認めるのがちょっとしゃくだけど……でも、しょうがない、本当のことだ。そして、くますけは、いつだって、本当のことしか言わないのだ。

『見てるとね、この病院、裕子さんの天下みたいじゃない。裕子さんは先代の院長の娘で——あ、なっちゃん、先代って言葉、判るよね？』

「うん。前、水戸黄門で見た。大店《おおだな》の、前の御主人だよね」

『別に大店じゃなくてもいいんだけど、前の御主人。とにかく、裕子さんは、前の院長の娘で、この病院では、今の院長の旦那さんより力がありそうじゃない。裕子さんがお医者様で、病気のことが判るって訳でもないのにさ』

「うん」

『そういうのをね、嫌《いや》がる人も、結構いるんだ。今の院長である旦那さんに同情しちゃう人も。看護婦さんは、大体、旦那さんの同情派みたいだね』

「……でも……それ……裕子さんが悪い訳じゃない」

『悪くなくても人に嫌われることはある。……なっちゃん、そんなこと、誰よりよく知ってるだろ?』

「……うん……」

うん。

だって……。

学校生活で、あたし、悪いことなんか何もしてない。お掃除当番は全部きちんとやるし、時には嫌だけど葉子ちゃんみたいな苛《いじ》めっ子の分まで、しょうがないからやってた。宿題だって全部やったし、意地悪なんてしたことないし、告げ口も、したことない。莫迦《ばか》にされても、笑われても、口ごたえなんか絶対しなかったし、そりゃ、黙りこくってはいたけど、でも、他に何もできなくて黙りこくってしまうことが悪いことだっていうのはあんまりだ。

なのに。

なのに、あたし、悪いことは何一つしていないのに、いつだって、いつだって、みんなに嫌われていた。みんなに莫迦にされ、みんなに苛められ……ただ、変な子だからって、理由だけで。ただ、くますけが手放せないって、理由だけで。

『理不尽』って言葉を、学校生活であたしは充分学び——そして、世の中には、嫌って程、理不尽が満ち溢《あふ》れているのだ。

『なっちゃん。なっちゃん』

あたしが、何だか暗く沈みこみかけると、くますけ、慌《あわ》ててあたしをはげまそうとしてくれる。

『さっきまで階段の下の方にいた看護婦さん、どっか行ったみたいだよ。探検、続けよう。せっかく学校に行かなくてよくなったんだもの、こんな処で泣きだしちゃったら、時間がもったいないよ』

「うん」

そうだね。裕子さんのおかげで、あたし、一週間学校へ行かなくてよくなったんだし、あの嫌な葉子ちゃんがいる、あの学校には二度と行かなくてよくなったんだ。その時間を、無駄《むだ》にしたら、ばちがあたる。それに……今の一週間をうんと楽しんでおかなけりゃ、新しい学校へ行ったら行ったで、必ず新しい葉子ちゃんが待ちかまえている筈だし。

「うん！」

あたし、精一杯言葉に元気をこめて、こう言うと立ち上がった――。

☆

――待合室――薬局――会計――レントゲン室。

ただ、何となく、病院の探検を続けていた筈のあたし、気がつくと、いつの間にか、意識しないうちに――捜していた。

『霊安室』。

そういう名前の、部屋を。

理由は、自分でもよく判らない。病院ならそういう部屋がある筈だって、前にＴＶで見たホラー映画で知ってたからか、あるいは――。

嘘《うそ》。

こんなの、嘘。

人間って、凄《すご》いよね、自分に対してだって、嘘がつけちゃうんだから。くますけなんて、絶対、ほんとのことしか言えないのに。

霊安室を捜していた理由、自分では、よく、判っていた。パパとママの死体を、見てみたいからだ。

あ、ううん。

死体が、ここにないことはよく判っている。パパとママの乗っていた車が事故を起こしたのは、よく判らないけどこの近所じゃないし、パパとママが連れてゆかれた病院は、勿論ここじゃない。だからここにパパとママの死体がおいてある訳なんてそもそも全然ないんだし……第一、お葬式があって、火葬場へ行ったんだから、パパとママの死体は、とっくに燃えて、どこの病院にだって、ない。そんなことは、判っている。

でも。

あたしは、何か、死体が見たかったのだ。パパとママの死体じゃなくたっていい。それをイメージさせてくれる、死体を。

『子供の見るもんじゃありません』

この一言で、千葉のおばさんは、お棺の前からあたしをどけた。人の話によると、何でも、『対向車線を越えてきたよっぱらいの車と正面衝突し、炎上してしまったパパとママの遺体は、とてもじゃないけど原形を留《とど》めておらず、女子供はおろか、人の見るもんじゃない』んだそうだから(この言葉の意味、あたしには判らない言葉が多すぎて、今一つ、把握《はあく》できないんだけど、とにかく酷《ひど》いもの、あたしが見るべきものじゃないっていうニュアンスは判る)、千葉のおばさんのやったことって、多分あたしの為だったんだろうけれど……でも。

でも。

心の奥底で、あたしは、多分、死体を見たかったんだ。たとえどんなに酷いものであっても、パパとママの死体を見たかったんだ。そして……そうさせてもらえないと、おそらくは永久に、あたし、パパとママが、本当に死んだって、心の底から納得ができないって判ってたんだ。

だから、霊安室。だから、死体。

あたし、言葉は知っていても、実際に、死んだ人って、まだ見たことがない。この目で、実際に死んだ人を見、この手で、実際に死んだ人にさわらなくっちゃ、死んだ人が二度と生き返ってこないって、どうしても、どうしても、感情的に納得できない。

そして。それを納得できないと……あたし、多分、いつまでも、いつまでも、待ってしまうだろう。ママが帰ってくる日を。パパが帰ってくる日を。いつか、ドアを開けて、ママとパパが帰ってきて、あたしのことを抱いてくれる日がくるんじゃないかって、思ってしまいそうな気が、何故か、する。

……あれ？

こんなことを思うっていうのは、あたし、やっぱり、パパとママのこと好きだったんだろうか？

好きじゃない、死んだって泣くこともできないって、あんなに思ったのに。

……あれ？

……あれ？

☆

あたしは、小学校四年生にしては、漢字が読める方だ。くますけとしゃべっていない時は、本を読むのが一番好きだし。

だから、『霊安室』って字も、勿論、知ってた。

その字を頼りに霊安室を捜しだしてしばらくして……『資料室』って字を書いたプレートがかかっている部屋の中で、あたし、やっと、『死体』をみつけた。

ぎゅっ。

思わず、くますけを抱く手に力がはいる。

こんなに強い力で抱いたらくますけが痛いかな、そんなこともちょっとは思ったけれど、でも、思いとは裏腹に、とにかく力だけが手にこもってゆく。

そこには、『死体』が、あった。

ガラス瓶《びん》の中の、内臓。

心臓だか、肝臓だか、腎臓《じんぞう》だか、それが何だかは判らない。ガラス瓶の中に封じこめられた、内臓。

きれいなピンクの中に、どす黒い、嫌な色彩に染まった部分がある、内臓達。

同じく、ガラス瓶の中の、小動物。

ガラス瓶と内臓、小動物の間には、透明な液体が満たされており……この、内臓や、この、小動物は、完全に、文句なく、死んでいる。

『これが、死だ、これが、死だ、これが、死だ』

気がつくといつの間にか、どこからともなく、こんな声が聞こえだしており——と、いうことは。パパとママは、これと同じくらい、死んでいるのだろうか？

今まで、実感がなかったけれど、パパとママは、これと同じような存在になっているのだろうか？

「やあっ！　いやあああああっ！」

どこかで、声がした。

あたしの声に、とってもよく似ていた。

「いやあっ！　いやああああああっ！」

そして。

そして、あたしは、初めて、泣けたのだ。

理由なんて判らない。

ただ、泣けたのだ。

泣けて泣けて、叫んで叫んで……あとのことは、よく、判らない。

# 四

あたしは、夢をみていた。

多分、これは、夢なんだと思う。

だって。登場してくる人も、その人のとる行動も、全部、過去に実際にあったことなんだもの。

それともあたし、時間の迷路の中に落ちちゃって、二度と再びみたくないと思っていたシーン、二度と再びしたくないと思った体験ばっかり、何度も何度も繰り返すことになっちゃったんだろうか?

……ううん、そんなことは、ない。そう思いたい。

夢の中で。

葉子ちゃんが、くますけを、あたしの手からとりあげていた。

「やめてっ!」

必死になって、あたしは叫ぶ。

「くますけに酷《ひど》いことしないで！」

葉子ちゃんは、最初っからくますけのことを生きていないと思っていて、生きていないものが相手ならどんな酷いことをしてもいいって思っているらしく、その上、あたしを苛《いじ》めるのが大好きらしいのだ。だから時々、あたしの手からくますけを奪って……。その度、あたしは、必死になって葉子ちゃんに懇願し、葉子ちゃんはある程度くますけを苛めるとそれで満足するのか、あたしにくますけを返してくれていたのだけれど——でも、この時は、違った。

「あーのーねー、成美ちゃん」

葉子ちゃんが笑う。それは、とってもいやらしい、笑い。たとえ葉子ちゃんがくますけにどんな酷いことをしても、それでも周囲の大人達は、葉子ちゃんの方を支持してくれるだろう、そんなことを最初っから確信している、笑い。

「これは、ぬいぐるみなの。おもちゃなの。酷いことをするも何もないの」

こう言うと、葉子ちゃん、尻尾《しっぽ》だけつかんでくますけを持ち上げる。のみならず、尻尾をつかんで、くますけをぐるぐるふりまわしたりする。

「やめてっ！　やめてっ！　くますけ、くますけっ！」

葉子ちゃんといつも一緒に遊んでる、苛めっ子が二人、あたしの両手をつかんでる。だからあたし、必死になって叫びながら、ぽろぽろ涙をこぼしながら、それでもくますけを助けてあげることができない。

「こんなことしても、おもちゃだから、痛くも何ともないの」

「お願い、お願いします、お願い、やめて、葉子ちゃん。あたし、あなたの言うことなら何でもきく、何でもする。だから、くますけを、どうか、くますけを、酷い目にあわせないで」

「だーかーらー、これはおもちゃだから、こんなことしても酷いことないのよ?」

くすくす笑いながら、葉子ちゃん、くますけの目に指をつっこみ、それから、今度は耳だけでくますけを持って、くますけの前足をねじりあげる。

「やめてーっ! やめてーっ! 死んじゃう、くますけが、死んじゃう」

「最初っから生きてないんだってば。生きてないものは、首をしめても、決して死なない」

くすくすくすくす。あたしの両手をおさえている二人も、一緒になって笑いだし、それから葉子ちゃんは、くますけの首を、力一杯、両手でしめた。

「くますけっ! くますけえ」

「やーね、何本気になってるのよ。冗談でしょ?」

あたしがさんざ泣きわめき、どんなに鼻をこすっても、どんなに目をぬぐっても、歴然と泣いたのが判《わか》る顔になってしまうと、葉子ちゃん、ちょっとばつが悪くなったのか、こう言うと軽く肩をすくめ、くますけをあたしの方に差し出す。でも、あたしの両手は、両方からおさえられているので、あたし、くますけを受け取る為《ため》の手を出すことができない。

「はい、返すわよ、あなたのくますけ」

あたしの手が塞《ふさ》がっているのに。あたし、くますけを受け取れないのに。それを、百も承知の筈《はず》の葉子ちゃん、あたしと葉子ちゃんの中間地点で、くますけを持つ、手を離す。下には水たまりがあるっていうのに。

「くますけっ！」

水たまり。ぬかるみにできた、水たまり。

ぬいぐるみ種族のくますけは、確かに首をしめられても死ぬことは滅多にないけど、でも、汚れた液体に浸《ひた》ってしまうと、死んでしまうかも知れないのだ。腐ってしまうかも知れないのだ。

「あら、ごめんなさいね」

葉子ちゃん、こういうとくすくす笑い、まっ青になっているあたしの目の前で、水たまりに落ちたくますけのことをふんづけた。その上、足でぐりぐりとくますけを踏みにじって。

「大切なおもちゃなら、こんな処《ところ》に落とさないようにね」

「くますけっ！　くますけっ！　くますけえっ！」

葉子ちゃんがこう言って去ってゆくのと同時に、あたしの手をおさえていた二人も、手を離した。あたし、彼女達に喰《く》ってかかるよりまず、水たまりからくますけを救出し、必死になってくますけを抱き締め、くますけのことを守ってあげられなかった自分の非力をくますけにあやまり、ただただひたすら、くますけを抱き締め、くますけを抱き締め……。

……死んでしまいなさい。

同時に。あたし、生まれて初めて、心の底から、人の死を願ったのだ。

死んでしまいなさい。

死ね。

死ねばいいのよ。

あんたなんか、死ねばいいんだわ。葉子ちゃん。

あんたがこの先、生きていたって、いいことなんか、ろくにない。ううん、あんたにとってはいいことがあるかも知れないけれど、まわりの人に、いいことなんか、ひとつもない。

なら、死になさいよ。その方が人の為ってもんよ。

世界中の、誰があんたを許したって、あたしがあんたを許さない。

死になさいよ。死んでしまいなさいよ。死んでおしまい。

それからあたし、くますけにまた視線をそそぎ……半死半生の態《てい》のくますけ、それでも、あたしの視線を感じると、必死になって声をしぼって。

『やあ、なっちゃん。今のはちょっと、しんどかった』

「くますけっ！　ああ、よかった、くますけ、生きていたのね？」

『ぬいぐるみ族は不死だからね』

　笑ってみせるくますけだけど、声が、ちょっと、疲れてる。

「ああ、よかった、よかったくますけ、あなたさえ無事なら、あたし、どんなに嬉《うれ》しいか。よかった、よかった、でも……」

『でも、僕、かわいたあとで、ちょっとこの汚れを何とかしなくっちゃね。どろの染《し》みのついたぬいぐるみっていうのは、情けないよね』

「うん。それは、あたしが、何とでもするから。それより……ごめんねくますけ、ごめんねくますけ、あたし、あなたを守れなくって」

『ま、いいってことさ。世の中には、しょうがないことがあるって、なっちゃんだって判っているだろ』

「うん。でも……ごめんね」

『いいっていいって。相手が悪かったよね』

「うん。……あたし……許せない。今までだって、葉子ちゃんのこと、決して好きでも許してもいなかったけど……でも、今日のことは、許せない」

『まあまあ。なっちゃんが本気で怒るだけの価値はないよ。ああいう子は、いずれ将来、絶対に不幸になる。それは、僕が、保証してあげる。だからなっちゃんはそんなこと気にしなくていいんだよ』

「ううん。あたし……今日という今日は、あたし、思ったの。ああいう子を、許しておいちゃ、いけないんだって。自分がどんなに酷いことをしたのか、大人に怒られる可能性がないからってどんなに酷いことをしたのか、葉子ちゃんは、一生、自分で判らないのよ。……そんな子が、このまま大きくなって、大人になるだなんて……あって、いいこと？」

『あんまり望ましいことだとは思わないけど……でも、それ、しょうがないだろう？ なっちゃんにはあの子が大人になるのを邪魔する力はない訳だし』

「でも、ああいう酷い子が大人になれば、きっと、酷い、大人になる。酷い大人は、酷い子供の、何倍も酷いことをすると思うの」

『……ま、それは真実だ』

「だとしたら……葉子ちゃん……死ぬ、べき、だわ」

だとしたら……葉子ちゃん、死ぬ、べき、だわ。

あたしは何の弁解もしない。この時あたしは、確かにはっきりそう思ったのだし……そして、それが間違っていることだとは、今でもあたし、全然、思えない。

「死ねばいいのよ、葉子ちゃんなんか。死ねばいいんだわ、死んでしまいなさいよ」

あたしの台詞《せりふ》、段々に、熱がこもってくる。

そうよ、死ねばいいんだわ、死んでしまえばいいんだわ、死になさいよ、葉子ちゃん。

『……なっちゃん、ほんとに、ほんっとに、そう思うの？』

と、くますけが。いつもとは違う声音《こわね》で、あたしにこう聞いたのだ。でも、この時のあたし、そんなことに気がつかない。ただただ、うんってうべなって。

「死んでしまえばいい。死んだ方がいい。あたし、ほんとに、そう思うわ」

『じゃ、そうなるよ。きっと』

……じゃ、そうなるよ。きっと。

☆

この日。

あたしとくますけをさんざ苛め、とりまきの女の子達と別れた後で。

葉子ちゃんは、交通事故にあったのだ。

前方不注意の車にはねられて——死にはしなかったけれど、二カ月の、重傷。

その知らせを聞いた時、あたし、天罰だとしか思わなかった。

☆

「すみません、先生。このクラスに平瀬っていう児童は……」

　葉子ちゃんが車にはねられて入院したって事実を、押坂先生から聞いた、そのちょっと後、二時間目、国語の授業の最中に、授業中だっていうのに、教室のドアが急にあいて、用務員さんが顔をのぞかせたのだ。

「え……ええ、平瀬はうちのクラスの児童ですが……何か？」

　押坂先生が、授業を中断して、ドアの処の用務員さんの前へゆき――そして。

「平瀬」

　用務員さんの話を聞くと、ふいに押坂先生、真面目《まじめ》な顔になって、あたしを呼んだのだ。

　で、あたしが、先生と用務員さんの処までゆくと。

「平瀬、いいか、落ち着いて、気を確かにもって聞くんだぞ。……御両親の乗った車が、事故にあった」

「……え？」

　最初。何を言われているのか、あたし、よく、判らなかった。

「詳しいことは先生にもまだ判らない。ただその……車に乗っていた人達は、みんな、あんまりいい状態じゃないみたいだ」

押坂先生、この時、嘘《うそ》、ついてたんだよね。実際は、この時点で、事故関係者はみんな死んでいた筈。先生は、一度にあたしがあんまりショックを受けなくて済むよう、気をつかってくれたんだろうと思う。

「判るか、平瀬。御両親の乗った車が、事故にあったんだ」

「え……あの……事故にあったのは、葉子ちゃんじゃなかったんですか……？」

この時も、あたし、まだ、ぼんやりしていた。ぼんやりと、こんなことを言って。と、押坂先生、軽くあたしの肩をつかむと、ちょっとあたしをゆさぶって。

「辛《つら》いだろうとは思うが、平瀬、しっかりしろ。御両親が、事故にあわれたんだ。……いいか、平瀬、おまえはすぐに帰る仕度をするんだ。それから、先生が、病院まで、つれていってやるから」

「……授業中なの……に？」

「いいから、平瀬。とにかくおまえは帰る仕度をしなさい。いいね？」

それから先生、つかつかと教卓の前まで戻り、急用ができたのでこの時間は自習にすること、三時間目からは学年主任の大林先生がきてくれること、静かに書き取りをして大林先生が来てくださるのを待つこと、なんて内容のことをひとくさりしゃべり……この後のことは、自分でも、よく覚えていない。

☆

人を呪《のろ》わば穴二つ。

そんなことわざの意味を、それからしばらくの間、あたしはずっと、考えていた。

人を呪わば、穴二つ。

確かに、あたしは、呪った。葉子ちゃんのことを。

そうしたら、葉子ちゃんは事故にあい――そして、パパとママが、死んでしまった。

人を呪わば、穴二つ。

本当だね。

でも。

葉子ちゃんのことを呪ったりしたから、あたし、穴の一つに落ちちゃって、で、パパとママが死んだんだろうか？

それとも。

それとも、葉子ちゃんの事故は、天罰なんかじゃなくて、くますけがあたしの為にやってくれたことで……くますけが、そういうことをしてくれたから、神様が、怒ってあたしに罰をあてたんだろうか？　天罰なのは、むしろ、パパとママの事故の方なんだろうか？

……死んでしまえばいい。死んだ方がいい。あたし、ほんとに、そう思うわ。

……じゃ、そうなるよ。きっと。

くますけが、葉子ちゃんを事故にあわせたんだろうか？

# 五

「さあ、成美ちゃん、あのお部屋の中にはいってね、で、これを着てみてごらんなさい。着替えが終ったらね、裕子おばさんのことを呼ぶのよ」

成美を引き取ってから、二日、たった。

その間、裕子は、できるだけ成美と接するようにしていて——そして、思ったのだ。

このままじゃ、いけない。

確かに、成美は、裕子には例外的になついてはいる。でも、まったく新しい環境に移ってきて、やはり、どこか萎縮《いしゅく》しているように見えるし……何より、昼日中、まったく外へでようとしない成美、この年の子供にしては、妙に不健康に見える。

くますけのことは、裕子、まったく気にしていなかった。十歳なのにぬいぐるみが手放せないことを、実の処《ところ》裕子は、まったく異常だとは思っていなかった。いつの日か、成美さえその気になれば、きっとくますけを持ち歩かずにいられる日がくるって信じていたのだ。ただ、裕子が気になったのは、成美の、異常なまでの色の白さ。常時くますけと一

緒に家の中にいて――太陽のもと、外で遊ぶということを殆《ほとん》どしない成美は、色白という
より不健康といった顔色で……これは、裕子、気になった。

で、二日間、一緒にいて。裕子、ちょっとした決意をする。

成美を、屋外に連れださなくっちゃ、いけない。

外で、同い年の子供と遊ぶことができればそれが一番いいのだけれど、でも、それが望めない以上。できるだけ、裕子が、唯一《ゆいいつ》成美がなついてくれている裕子こそが、成美を、外へ、連れださなくっちゃいけない。お散歩でも、ハイキングでも、ピクニックでも、とにかく成美に、外で遊ぶことの楽しさを教えてあげなければ。

そこで。そう決心した裕子、まず、成美をデパートへと連れてきたのだ。

「あの……裕子、さん？」

「あ、着替え終った？」

裕子、しゃっと、試着室のカーテンをひく。三方を鏡に囲まれた小部屋の中でジーンズを試着しおえた成美、足元にくますけをおいて、何か頼りな気な表情をしている。

「やっぱり成美ちゃん、そういう格好も似合うじゃない」

「あの……そう……？」

成美の洋服箪笥《だんす》の中身を一瞥《いちべつ》して以来、裕子、思っていたのだけれど……成美のワードローブには、最初っから汚したり破いたりすることを前提とした遊び着、手足が楽に動か

せるズボンの類《たぐい》が、決定的に、少なかった。だから、裕子、成美を表に連れだすにあたって、まず、汚しても破いてもいいジーンズの類を何本か買ってやるつもりだったのだ。

「うん、似合う、似合う。あとは、足の処をつめてもらえばいいだけよね。……成美ちゃん、ウエストとか、きつい処、ないわよね？　あったら遠慮せずに言うのよ」

「……別に……きつい処は……ない、けど……」

成美の視線。何だか妙におどおどしていて——何だって、裕子がこんなものを自分に買ってくれるのか、その意図がまったく判《わか》らなくて不安になっているみたい。

「じゃ、サイズはこれでいいんだわ。なら、このサイズのジーパン、三本くらい買いましょうね」

「え？　三本って……裕子さん、何で。何だって、三つも」

「これはね、汚しても破いてもいい服なの。Tシャツも、三枚くらい、買っときましょうね。両方とも、汚しても、破いても、いい服なの。だから、汚したり破いた時の為《ため》に、スペアがいるでしょ？」

「……あの……あたし、多分、ここの処しばらくは、服を汚す心配って、ないと思うの」

と、成美、まるで服を汚すことがとんでもない罪であるかのような、また、自分が服を汚したり破いたりすると思われたのがとっても不本意だとでもいうような、いささか微妙な声音《こわね》になる。

「新しい学校に通い始めれば判らないけど……でも、ママが、しょっちゅう、あたしは服を汚しすぎるって言ってたでしょ？　それ、葉子ちゃんがいたからだもの。葉子ちゃんがあたしに無理なことを命令したり、できないことをやらせたから、だから、あたし、服を汚したり破いたりしてたんで……葉子ちゃんがいない限り、あたし、服、汚したり破いたりしない」

葉子ちゃん。それまでの成美のことをある程度知っていた裕子、その名前が苛《いじ》めっ子のことだって、すぐに判る。と言うことは……今まで成美、服が汚れたり破れる程、苛めっ子に苛められ、なのに母親からは『服を汚して悪い子だ』って思われていたってことになり……。

瞬間、成美に対する不憫《ふびん》さで、裕子、思わず泣きそうになってしまう。でも、今は、そんな感傷にひたっている場合じゃない。それに。

それに、不憫さより、もっと、気にかかるのは、成美の台詞《せりふ》の言外にただよっている意味。葉子ちゃんさえいなければ、服を汚したり破いたりしない――言い替えれば、苛めっ子に無理矢理やらされるのでなければ、成美、泥《どろ》んこになるまで外で走りまわったりころげまわったりしないってことで――命令する人がいなければ、この二日間、裕子の家でそうやってきたように、成美、ひがな一日、家の中で本を読んだりくますけとおしゃべりをしてすごすってことで……これは、やはり、問題があるのではなかろうか？

「あのね、成美ちゃん。あなた、ちょっと、誤解してるわ」

どこからどう話せばいいんだろう? 裕子、言葉を選びつつ、まずこう口火をきってみる。

「服を汚すって、全然、いけないことじゃ、ないのよ」

「……え?」

「子供はね、服を汚すのが当然なの。……ううん、ちょっと違うわね、裕子おばさんはね、成美ちゃんに服を汚したり破いたりして欲しいの」

「……裕子さんは、葉子ちゃんと遊んだ方がいいと思うの……?」

「違う、違う。成美ちゃんが葉子ちゃんのことを好きじゃないなら、それは勿論《もちろん》、葉子ちゃんなんか成美ちゃんの半径一キロ以内に来ちゃいけないのよ」

「はんけい一キロいない……」

言われた言葉が判らなかったのか、葉子ちゃんと遊ばないのに服を汚したり破くってことが判らないのか、成美、何だかきょとんとしている。

「言い方を変えるわね。そうじゃなくて……何て言ったらいいのかなあ……裕子おばさんなんて、子供の頃《ころ》、何着も何着も、泥まみれにしたり何だりで服を駄目《だめ》にしてきたわ。そして……その時はね、裕子おばさん、それが、とっても、楽しかったの。だから、成美ちゃんにもぜひ、あの楽しい気持ちを味わって欲しいなって思うの」

「……？　裕子、さん……服を、駄目にするのが、好きだった、の？」

「そうじゃないの。そうじゃないのよ。……何て言ったらいいのかなあ……」

成美のリアクションが、あんまり自分の予想していたものとは違う為、どう二の句をついだらいいのか判らなくなってしまった裕子、しばらくの間自分の右手の爪《つめ》を見ながら考えこみ……それから、気づく。

あるいは。場合によったら。この状況を利用して、自然に成美を屋外での遊びに誘いこめるかも知れない。

「あのね、成美ちゃん。あなたさえよかったら、明日、裕子おばさんと一緒に、ちょっとしたハイキングにいかない？」

「え？　ハイキング？」

「そう。ハイキング。うちの沿線だと、ちょっと下がれば、名栗川《なぐりがわ》ぞいだの何だの、子供の足でも充分歩けるハイキング・コースがある筈《はず》だわ」

「……あの……それ、が？」

「ね？　明日、行きましょうよ、ハイキング。ハイキングなんかに行ったら、転ぶこともあるかも知れないし、両手両足ついて登らないといけない処もあるかも知れないし、河原でうんと遊んじゃうこともあるかも知れないし……成美ちゃんだって、気がつかないうちに、お洋服、うんっと汚したり破いたりしちゃうかも知れないわよ。でも、その、汚したり破いたりって、楽しい汚したり破いたりなの」

「……？」

「一回、それをやってみればね、服を汚したり破いたりしてしまう、『楽しい』ことがあるって、成美ちゃんも判ると思う。……ね？　どう？　試してみない？」

「……？」

成美には。正直言って、この辺の裕子の台詞、言葉の意味は判っても、何を言いたいのかがよく判らなかった。ただ、裕子が成美と一緒にハイキングに行きたがっていることだけは何とか判り――しょうがないから、成美、うなずく。裕子が喜ぶことならば、ハイキングでも何でもしてあげなきゃいけない。

「楽しみじゃない？」

成美にしてみれば。正直言って、楽しみでも何でもない。もともと、体を動かすことはどちらかというと嫌《きら》いだったし、たびたび集団行動からはずれて、一人くますけをかかえてしゃがみこんでしまう成美は、幼稚園時代も小学校にはいってからも、『責任をおいかねる』っていう、幼稚園・小学校側の判断で、遠足には不参加だったので、ハイキングの楽しさ自体がそもそもよく判らないのだ。でも、そういう成美の思いも知らずに、一人、裕子は、自分の思い付きに酔っていってしまう。

「リュックしょって――ああ、成美ちゃんの世代の子供だと、あれって、ナップっていうのかしらね――お弁当持って、水筒持って。水筒の中には、冷やしたお茶なんかいれるのよ。お弁当は勿論おにぎりで、梅とおかかとたらこの奴《やつ》で、他におかず箱として、卵焼きとウインナいためがつくの。家で食べるとどうってことない卵焼きやウインナいためでも、外で食べると味が全然違うのよね」

　そんなことを言われても、成美には、外で卵焼きやウインナいためを食べたって記憶がないし……そもそも、『健康の為には野菜を沢山とらなくっちゃ』って思想を持っていた母親の許《もと》で育てられた成美、卵焼きやウインナいためみたいなたんぱく質ばっかりの食品って、普段でも、殆ど食べた記憶がないのだ。

「ああ、でも……」

　成美と二人での楽しいハイキング。その幻影に酔っている裕子、この時、ふっと、いつも成美に接している時の入念な注意を忘れた。成美と会話をしている時には、絶対言ってはいけない台詞があることを、この時だけ、ふっと、失念したのだ。

「汚れるかも知れないから、くますけはおいていった方がいいかも知れないわね」

　裕子の為に弁解するなら。この裕子の言葉には、『くますけをおいていけ』『くますけを捨てろ』っていう、他の大人の言葉にあるような他意は、まったくなかったのだ。単純に、純粋に裕子、成美の大事なくますけが汚れることをおそれただけ。あるいは逆に……他意がまったくなかったからこそ、裕子、気軽にこんな台詞を口にしてしまったのかも知れない。

「くますけを……おいて、ゆく、の？」

ところが、この裕子の台詞を聞いた瞬間、成美の顔、ぱっとこわばったのだ。ぱっとこわばって、最後まで信じていた人に急に裏切られたって苦悩の表情がかわりにそこに浮かび……。

「あ、ああ、いいの、そんなことはないの」

成美の表情を見、その瞬間、自分の失敗をさとった裕子、慌《あわ》ててあせって大仰《おおぎょう》に首を振る。

「成美ちゃんが連れてゆきたいなら、勿論、くますけ、連れていってもいいのよ。あたり前じゃない、成美ちゃんが望むなら、どこへだってくますけ、連れていっていいに決まってる。……ただ、今、裕子おばさんが言ったのはね、ひょっとしてひょっとすると、くますけが汚れちゃう危険性があるかも知れないから、その場合、くますけをおいていった方が安全かなってだけのことで……」

でも。今更、どんなに裕子が言い繕っても、一回こわばってしまった成美の表情、そう簡単にくつろぎそうにない。

「……そうよね、あんまり遠くへのハイキングはやめた方がいいかも知れないわね」

で、しょうがないから裕子、成美に服を汚す快感を教えるっていう当初の目的はあきらめて、こんな風に成美をなだめる。

「あんまり山の中、とか、川のそば、だと、くますけが汚れるかも知れないし、だとしたら、もうちょっと近所の――それこそ、ちょっと大きめの公園か何かに行きましょうか。そういう処なら、連れていってもくますけが汚れる心配なんてないし、だからくますけも一緒に行けるし……お弁当さえ持ってゆけば、近所の公園だって、充分立派なハイキングができるわよ」

☆

資料室で死体を見た次の日。（そう言えばあの日、あたし、自分の部屋に帰った記憶がないんだけれど、不思議なことに、翌朝、気がつくとあたしは自分のベッドで寝ていた。あれ……どうしてなのかしらね？　それとも、『死体』は、みんな、あたしの夢だったのかしら？）

あたし、裕子さんに連れられてデパートへ行った。裕子さんはあたしに『汚してもいい服』を沢山買ってくれ……こんなに沢山のものを、あたしの為に買ってくれるんだもの、多分、裕子さんは、まだ、あたしのことが好きなんだと思う。

でも。

デパートから帰ってからあたし、ずっと、ずっと、不安に思っていることがあるのだ。

裕子さん。

今は、優しい。

裕子さん。

今は、とってもいい人だ。

でも、その裕子さんが、いつまで優しくていい人でいてくれるんだろう？

今まで、あたし、裕子さんのこと、くますけのことを理解してくれる、ただ一人の大人だって思っていたんだけれど……今日、裕子さん、デパートで、言ったのだ。くますけをおいていった方がいいってことを。

これは、前兆かも知れない。いつの日か、裕子さんが、くますけを捨てるって言いだす日の。

昔は。覚えてないけど、昔は、あたしが幼稚園にはいる前は、ママだってパパだって、くますけのことは可愛《かわい》がっていてくれたのよ。

覚えてないけど、二つの時、あたし、もう死んじゃったおばあちゃんに、くますけをもらったんだって。で、それ以降、あたしはずっと、くますけと一緒に過ごして……最初のうちは、ママだってパパだって、くますけのことを可愛がってくれていた筈なのだ。そういう記憶が、かすかに、ある。旅行にでる時、くますけも一緒じゃなきゃやだってあたしが駄々をこねて、苦笑いしながらパパがくますけを抱いていってくれたこととか、ダイニングのテーブルに、ママが作ってくれた『くますけ専用』の椅子《いす》があったことだとか。

でも。

幼稚園にはいる頃、パパとママの態度が変わった。大人って、ある日突然、『入学式』だとか『誕生日』だとか、特別な日の直前に突然、その態度が変わってしまうものなの。

幼稚園の入園式の直前。

くますけにも、あたしとおそろいのスモックを作って欲しい、くますけもあたしと一緒に幼稚園に行くんだからっておねだりした日から、突然、パパも、ママも、くますけが嫌いになった。

その日から、幼稚園にはくますけをおいていくのが普通だとか、普通の子は幼稚園にはいる年になったらぬいぐるみを連れて歩かないとか、いろいろ、怒られた。その上、最後の頃には、旅行にくますけを抱いていってくれたパパが、くますけ専用の椅子を作ってくれたママが、あたしの目を盗んでくますけを捨てようとしたのだった。

それを思うと。

裕子さんだって、危ない。

今は確かに裕子さん、くますけのことを可愛がってくれる。ううん、可愛がって、とまではいかないけれど、でも、あたしの特別なお友達として、それなりにくますけを扱っていてくれる。

でも。

ここから先は、判らないのだ。

いつ、裕子さんが、くますけを捨てようって思ってしまうか。いつ、裕子さんが、くますけのことを、『あたしの正常な心理的発達を阻害するもの』だって思ってしまうか。（最後の、『あたしの正常な……云々《うんぬん》』は、ママとパパが、くますけを捨てようとする時、いつも言っていたくますけへの悪口だ）

だとしたら……だとしたら？

# 六

あたしは、夢をみていた。

夢、なんだと、思う。

だってこれ……もし、夢じゃないのなら——ううん、そんなこと、ない。これは、夢よ。

これこそ、夢よ。だって、だって、だって。

パパとママが、生き返ろうとしていた。あの、資料室で。

最初は、ガラス瓶《びん》の中にあった心臓だった。

まわりを何か知らない液体に取り囲まれて、これ以上は死ねないって程死んでいた筈《はず》の
パパの心臓が、急に、ガラス瓶の中で脈うちだす。

それから、ぱあんって音と共に、ガラス瓶が壊れ、動いているパパの心臓はむきだしに
なり……そして。

資料室の、あっちこっちで、ぱあんって音が続く。

むきだしの、心臓の側《そば》に、むきだしの肝臓がやってくる。腎臓《じんぞう》もやってくる。肺も、小

腸も大腸もやってきて……それから、どこからともなく、骨や筋肉や脂肪や血液が集まってくる。

『資料室』。これって、『死霊室《しりょう》』って意味なんだわって、ここまできて、やっと、あたしは判《わか》ったのだ。

『死霊室』の中で、血まみれの、ゾンビになったパパが、あたしに向かって手を伸ばす。

「成美……」

『死霊室』の、ゾンビになった、血まみれのパパが、あたしにこう言う。手を、あたしに伸ばしながら。

「くますけを、捨てるんだ」

「いやあっ！」

あたし、パパの血まみれの手からのがれようとして、あとじさる。あたしの腕の中で、生きてはいても普段は絶対動けない筈のくますけが、パパのあまりのおそろしさに、ぶるっと身ぶるいするのが判る。

「くますけに何もしないでっ！　くますけを苛《いじ》めないでっ！」

ゾンビのパパが本気でおそいかかってきたら。あたし、くますけのことを守れるかしら。ううん、守れっこ、ない。パパの方が、力が強い。生きていた時でさえそうなんだもの、ゾンビになったパパは、もっと、ずっと、強いかも知れない。そうしたら——そうしたらあたし、また、この間葉子ちゃんがくますけを水たまりに落としてふんづけた時みたいに、泣きわめくしかできないのかしら。そんなの嫌《いや》、そんなの嫌、くますけがあんな目にあわされているのを泣きながらみているくらいなら、あたしが水たまりに落とされてふんづけられた方がずっとまし。

あとじさって。あとじさると、あたし、ふいに何か柔らかいものにぶつかった。部屋の壁とはあきらかに違う、何か柔らかい感触のものに。そして——背後から、その柔らかい感触のもの、あたしのことをおさえつけたのだ！

「言うことをききなさい、成美。パパもママもおまえのことを思って言っているんですよ」

ゾンビ・ママだ！　いつの間にか、あたしのうしろには、ママのゾンビが出現していて、ぬるぬるした、血まみれの手で、あたしの両肩をおさえつける。

「いやあああっ！　パパだって、ママだって、昔はくますけのことを可愛《かわい》がってくれたじゃない！　昔は、『おばあちゃんのくれたぬいぐるみだから、大切にしようね』って言ってたじゃない！」

「あの頃《ころ》とは事情が違う」

何回も何回も、階段の片隅《かたすみ》で、リビングのドアに隠れて、あたしが聞いたパパの台詞《せりふ》。

「そのくらいのことはおまえにだって判るだろうが。俺《おれ》は一応昇進して、部下だっていれば責任のある立場なんだ。そうそう早くは帰れないし、酒を呑《の》むのだって仕事のうちだ」

　何回も、何回も、夜、トイレに起きた時、眠れなくて目がさえて、キッチンにお水をのみに行った時、あたしが聞いたパパの台詞。でも……この台詞、くますけとあたしに対して言う筈の台詞じゃ、ない。この台詞の相手役は、いつもママだった筈で……。

「どんな仕事なんでしょうね、こんなにしょっちゅう呑んでくるっていうのは」

と、案の定。このパパの台詞といっつも対《つい》になっている、ママの台詞があたしのうしろから聞こえてくる。

「だから、接待だとか、いろいろあるだろ」

「接待、接待！　ええ、そうなんでしょうよ。たまの日曜日に成美の相手もしてくれず、ゴルフに行くのも接待。成美が楽しみにしていた父親参観の日に急に行けなくなるのも接待。成美がパパの絵を描《か》いて、珍しく花まるをもらってきた日に午前様になってしまうのも接待。ほんっと、日本には便利な言葉があること」

「こんな時にばっかり子供のことをひきあいにだすのはやめろ！　成美のことはすべておまえにまかせてある筈だ。子供の世話をして教育するのは、妻の仕事だろうが」

「えええ、あたしの仕事ですわよ。そして、成美があんな子に育ってしまったのも、すべてあたしの落ち度なんでしょう！　どうしてこんなに接待ばっかりしているあなたの子供が、あんなに社交性のない、自分の殻《から》とくますけにばっかり閉じ籠《こも》る子になっちゃったんでしょうね、そうですね、すべてあたしが悪いからでしょ。すべてあたしがいたらぬせいなんでしょう」

「そんなことは、何も、言っていないじゃないか……」

「おっしゃらなくても思っていれば同じです。あなたの仕事はお酒を呑むことと接待で、あたしの仕事は成美をまともな子にすることなんでしょ。だからあなたは、毎日外で呑んだりゴルフをして気ばらしをして、あたしは成美を抱えて、幼稚園の先生に相談に行ったり、小学校に成美のことで謝りに行ったり、カウンセラーの先生には『お母さんの愛情が足らないせいではないのですか』なんて侮辱されに行ったり……ほんっとに、日本の社会って、男女平等でございますこと！」

「おい、幸代。何も俺はそんなことを言ってないだろ？　成美のことでは、おまえにはほんとに苦労をかけてると思っているよ。おまえには、ほんとに、感謝してる。おまえはよくやってくれていると思うよ」

「でもあなたは、言葉では感謝してくださっても、日曜に成美と遊んであげようとか、せめて成美が起きている時間に帰ってこようとかは、思わないんでしょ」

「だから、それは仕事があるからで」

……くますけ！

夜、階段の片隅で。リビングのドアの陰で。キッチンの入口で。トイレの前の廊下で。

何回も、何回も、聞いた、パパとママの喧嘩《けんか》。何回も、何回も、聞いた、この世で一番聞きたくないもの。それが、すぐそばで、耳許《みみもと》で、再現されて、あたし、どうしようもなく、心の中で、くますけの名前を絶叫する。

くますけ、くますけ、くますけ。

こういう時、あたしの心を落ち着けてくれるのは、くますけだけ。くますけだけが、いつでも変わらずあたしに優しく、くますけはいつだって、どんな酷《ひど》いことをされたって、絶対に怒らないし、だから絶対に誰とも喧嘩なんかしない。

くますけ、くますけ、くますけ。

でも、口にだして、くますけの名前を呼ぶ訳にはいかない。何故《なぜ》か——ほんとに何でだか、パパとママがこの類《たぐい》の喧嘩をしている時は、あたしは声を出しちゃいけない、あたしがこの喧嘩を聞いているってパパとママが知ったら、今よりもっと酷い事態に陥ってしまうって、心のどこかであたしは知っていて……だから、あたしにできるのは、心の中で、絶叫することだけ。

くますけ、くますけ、くますけ。

それから。

いつものように、くますけの名前を呼んで、その上くますけの体を抱き締めて、ちょっとは勇気を取り戻したあたし、パパと喧嘩しているせいで、表情たっぷりに両手をふりまわし、必然的にあたしの肩をおさえてはいなくなった、ゾンビ・ママから、そっと、そっと、遠ざかる。

ああいう喧嘩を聞いているのは嫌。聞いているのは嫌。

でも、経験で判っている、嫌なのに、嫌なのに、聞こえてしまうと、どうしてもあたし、あの喧嘩を最後まで聞いてしまう。何かに呪縛《じゅばく》されて、あの声が届かない処《ところ》へは、行けなくなる。

だから、今のうちに。まだ、体が動く今のうちに。

一歩でも、二歩でもいいから、あの声から遠ざかろう。と。

あたしが、ママの手の届かない処まで、やっと自分の体を動かすと。

それまで、あんなに一所懸命、他のことはまったく判らないって感じで喧嘩をしていたのに、ふいに、パパとママ、同時にあたしの方を向いたのだ。そして。

「くますけを捨てなさい、成美」

「くますけがいるからいけないのよ、成美」

今までの喧嘩はどこへやら、ゾンビのパパとママ、まるっきり同時に、あたしの方へその手を伸ばす。

くますけを――あたしから、取り上げようとして。

「くますけを、捨てなさい」

「くますけがいるから——おまえが、くますけを手放せないような変な子だから、だから、パパとママは、喧嘩ばっかりしていたの」

「くますけさえいなければ、パパもママも、もう喧嘩はしないよ」

「そうよ。くますけさえいなければ——言い替えれば、成美、おまえさえ普通の子だったら、パパとママは仲のいい夫婦なの」

「そうだ。悪いのは、全部、くますけなんだ」

「悪いのは、全部、成美、おまえなのよ」

「おまえのせいで、パパとママはずっと喧嘩をしていたんだ」

「おまえさえいなければ、あたし達は円満ないい夫婦だったの」

「おまえが、悪いんだよ」

「そうよ、おまえが、悪いの」

「それが判ったら、さあ、成美、くますけを捨てようね」

「火・木・土が燃えるゴミの日だから。ゴミの日にだせば、すぐ、くますけなんていなくなるわ」

「そう、それに」

ゾンビ・パパ、こう言うと、何だか妙に残酷な微笑を浮かべる。

「おまえは、パパとママに生きていて欲しいだろ？　なら、くますけを、捨てなさい」

「そう。そうよ。くますけがいなくなったら、ママも、パパも、成美の為《ため》に生き返ってあげるわ」

「くますけさえ、いなくなったらね」

「成美が、くますけを、捨てさえすればね」

じりじりと。じりじりじりとあたし、ゾンビ・パパとゾンビ・ママにおされて、壁ぎわまで後退してしまっていた。両肩が、これ以上は密着できないって程、壁にくっついて、それでも、ゾンビ・パパとママ、じりじりとあたしに迫ってきて……で。

「いやあああっ！」

もう、すぐそこ、手を伸ばせば触れることができるって程近くに、ゾンビ・パパがやってきて——その瞬間、あたし、叫んでいた。理性のたがはずれたような、とんでもない大声で。

「いやああああっ！」

嫌、嫌、ゾンビのパパとママも嫌、そんなパパやママに触れられるのも嫌、くますけを捨てるだなんて、絶対、嫌、パパとママの喧嘩が、あたしのせいだったなんて——あたしが悪かっただなんて、思うのはもっと、嫌。とにかく、嫌！

「いや、いやあああああっ！」

☆

「いや、いやあああああっ！」

晃一は、どこか遠くで、そんな叫びを聞いたような気がして、目をさました。

「いやっ！　いやあっ！　いやあああっ！」

目をさました後も。その叫びは、ひき続いて聞こえており……成美、だ。

いい加減うんざりした晃一、一緒のベッドで寝ている裕子の方を、ちらっと見てみる。

と、裕子はすでに目をさましており……。

「今の絶叫、成美、ちゃん、だね？」

「ええ」

目をさました裕子、素早く起き上がると、パジャマの上にガウンをはおる。

「何か悪い夢をみたのかも知れないわ。私、ちょっと成美ちゃんの処へ行ってみます」

「……ああ」

ああ。だが、これで二回目だよ。

すんでの処で、晃一、この台詞をのみこむ。

そうだ。眠っている成美の絶叫に驚かされるのは、これで、二回目なのだ。

一回目は、昨日だった。昨日、資料室からとんでもない絶叫が聞こえ、慌《あわ》てて晃一がかけつけてみると、資料室の片隅で眠っている成美が、眠りながらとんでもない悲鳴をあげていた。

その時は晃一、成美はまだ両親をなくしたばかりだったし、資料室においてあったホルマリン漬《づ》けの臓器なんかが子供にとっては刺激的だったのかも知れないって理解したのだが……だが、今日は。

成美は、裕子が整えた、子供部屋で眠っている筈だし、あそこには、子供の悪夢を誘うようなものは何もない筈。それにまた、今日の成美の行動にしたって、裕子と一緒にデパートへ買物に行ったり、裕子と一緒に夕食の仕度をしたり、およそ悪夢にはなり得ないことばかりだった筈。

なのに、成美は、おそらくは悪夢のせいだろうが、絶叫した。自分の眠りを脅《おびや》かす程の声で、絶叫した。

これが、自分の子供だっていうなら、ともかく。

どうして、他人の子供のために、俺は安眠を妨害されなきゃいけないんだ？

一回、そう思ってしまうと、晃一、とにかくその路線で物事を考えてしまう。

『成美ちゃんは、むずかしい子です』

専門医の、そんな意見を、ふっと思いだしたりもする。

専門の医者がむずかしいって言っているんだ、そんな子の世話が、果たして裕子にできるのか？

起きてしまった関係上、こんなことを思いながら、晃一、何となく、時計を見る。と、時刻はまだ十一時四十分で――この時間なら、田原は、まだ、起きているかも知れない。かくて。

起きるつもりのない時間に、何となく起きてしまった晃一、まだ相手が眠っている時間ではないからっていう理由だけで、昔の友達、神経科の田原医師に、何となく電話をすることになったのである――。

☆

「成美ちゃん、成美ちゃん」

強引に、ゆすぶられて、あたしの意識はやっと夢から現実に戻ってくる。と――現実で、一番最初に目に入ったのは、心配そうな裕子さんの顔。

「あ……裕子、さん」

「大丈夫？」

「え……大丈夫って……？」

「成美ちゃん、あなた、うなされてたわよ……って言うか、悲鳴をあげてた。それで、私、目がさめたの」

「あ、ごめんなさい、裕子さんを起こすつもりじゃなかったの」

「私が起きたことなんか、どうでもいいの。成美ちゃん、あなた、どんな悪夢を見たの？　大丈夫なの？」

「大丈夫」

ほんとは、大丈夫なんかじゃなかったけど、でも、この場合は。大丈夫って言った方がいいって、あたしのカンが言っていた。

「ほんとに……大丈夫、なの？」

「うん。大丈夫」

ゾンビの、パパとママ。あんなもん見ちゃって、それで大丈夫な人なんていないとは思うけど……でも、あたし、言いきっちゃう。大丈夫。

「じゃ、今の悲鳴は……」

「それ、悪い夢のせいだわ」

うん。ゾンビ・パパのことも、ゾンビ・ママのことも、くますけを捨てろって言われたことも、みんな、みいんな、悪い夢なの。悪い夢が、悪いのよ。あたしはどこも悪くないのよ。まして、くますけには、悪い処なんかたったの一つもないの。

そう、思って、しまおう。そう、思うことに、決めた。

ぶるん。

そんなことを思うと、ふいに、背筋を、寒気とも怖ぞ気《おけ》ともつかないものが走った。

「あら……成美ちゃん、おトイレ？」

「え……ええ、うん」

ぶるんって走った、寒気とも怖ぞ気ともつかないもの、どうやら裕子さんには、おトイレに行きたいって様子のように見えたようだ。だとしたら……いいや、その、裕子さんの誤解に乗っちゃおっと。

「おトイレに、行きます」

あたし、こう言うと自分の部屋のドアを開け、トイレの方へと廊下を歩いてゆき……そして、聞いてしまうのだ。

聞きたくはなかったことを。

☆

「電話で症状を聞いただけじゃよく判らないけどね、でも、話を聞いた限りじゃ、その成美ちゃんっていうのは、ずいぶん手ごわい子みたいだね」

田原医師は、こう言うと、何を思ったのか、電話のむこうで、ふっと笑った。

「実際、手ごわい子だよ」

「だろうな。話を聞いただけで——本人を見なくて、何か言うのは、これでも俺、まずいなって思っているんだから、話半分に聞いて欲しいんだけど――判るよ」

「手ごわい手ごわい。まるっきり俺に親しんでくれるような様子を見せない」

「ま、そりゃ、半分は、おまえのせいだな。その感じだと、おまえ、成美ちゃんって子と友好関係を結ぼうとはまるで思っていないんだろ？　そんなこと、先方にはつつ抜けだからさ、おまえが相手にいい感情を持っていなければ、相手だって当然、おまえにいい感情持つ筈がない」

「……俺……たとえ、偽装でも、成美ちゃんのことを好きだってふりをした方がいいんだろうか……？」

「ケース・バイ・ケースだ。おまえのケースだと……場合によっちゃ、それって、余計な悪感情を抱く原因になるだろうな」

「俺のケースって……えっと？」

「いいか。繰り返して言うぞ。本人を見ないでこういうことを言うのは、あきらかに医者の領分からするとおかしいんだ。けど、おまえは、俺の患者じゃなくて、友達だ。だから、俺、こんなことを言うのであって……これを、正式なアドバイスだなんて思うなよ。あくまで、友達の、アドバイスだと思ってくれ。……その子、引き取るの、やめな」

「え？　成美ちゃんは……いない方が、いいのか？」

「違う。成美って子とは、関係ない。おまえのせいだ。おまえが……適して、ない。おまえの精神状態って、お世辞にも子供を引き取れるもんじゃないみたいだし……それに、成美って子も、かなり手ごわいみたいだ。……その子、両親の喧嘩を聞いていた可能性があるんだろ？」

「ああ」

「親に否定されて、そしてそれを自覚している子供はむずかしいぞ。そんなむずかしい子、他にないってくらい、むずかしいぞ――。そういう子供を引き取るためには、親になる人が、よっぽど人格の整っている人であるって前提条件が必要なんだ。……けど……おまえの場合は……お世辞にも、他人の子供をそこまで厚遇できる状態にないだろうが。だとしたら、そこだけで、駄目《だめ》だ」

☆

手ごわい手ごわい。まるっきり俺に親しんでくれるような様子を見せない。

トイレの側、裕子さんの寝室の前で。あたし、聞きたくはないこんな台詞を聞いてしまった。晃一おじさん（こう言えって、みんなに言われたのよ。裕子さんの旦那《だんな》さんは、晃一おじさんだって。でも……あたし、裕子さんは好きだけど、裕子さんのことは信じているけど、裕子さんの旦那さんなんて人のことは、全然知らないの。全然知らない人のことを、いかにも親し気に『晃一おじさん』だなんて言ってもいいものなのかどうか、あたしには判らない）が、言ったのだ。

俺、たとえ、偽装でも、成美ちゃんのことを好きだってふりをした方がいいんだろうか？

成美ちゃんは……いない方が、いいのか？

ああ。

電話の向こうにいる人の台詞は、判らない。でも、判ることは。

『手ごわい手ごわい。まるっきり俺に親しんでくれるような様子を見せない』

『俺……たとえ、偽装でも、成美ちゃんのことを好きだってふりをした方がいいんだろうか……？』

『成美ちゃんは……いない方が、いいのか？』

この台詞を言っているのは、晃一おじさん。裕子さんの旦那様。

あたしは……いない方が、いいの？

……いいんだろうな。

あたしなんか、いない方が、きっと、すべての人のためにも、いいのよ。

……だって、おじさんが——裕子さんの旦那様が、そう言っているんだもの。

裕子さんの旦那様は、そういう意見なんだもの。

『成美ちゃんはいない方がいいのか？』

あたしは——いない方が、いいのだ。

少なくとも、おじさんにとっては。

そして、長い目で見れば——おそらく、裕子さんにとっても。

うん、旦那様があたしのこと、いない方がいいって思っているんだもの、奥さんである裕子さんにとっても、あたしなんて、いない方が、いいのだ。裕子さんはいい人だから、今の処あたしのことを歓迎してくれているけど——それが、ふりじゃない、心からのものだって、あたし、知ってはいるけど——だから、余計。だから、なおさら。

本当に、あたしが裕子さんに感謝しているのなら、あたし、一刻も早くいなくなった方がいいのだ。裕子さんのためには、その方がずっと、いいのだ。

これは、とても哀《かな》しい、発見だった。

でも、事実として。

あたしなんて、あたしなんて、いない方が、ずっといいのだ——。

# 七

次の日。

あたしは――ううん、あたしと裕子さんと、そしてくますけは、ピクニックへ行くことになった。

話は、とっても、単純なのよ。

「昨日もちょっと言ったけど、成美ちゃん、今日は裕子おばさんとピクニックをしない？　一回、外でお弁当を食べる経験をすれば、成美ちゃんだってきっと、お外で遊ぶのが好きになると思うの」

朝食の時、裕子さんがこう言って、あたしのことを誘ったのだ。で、誘われたあたし、昨日、デパートで裕子さんが初めてくますけのことを邪魔にしだした時のことを思いだして、ほんのちょっと、返事を躊躇《ちゅうちょ》し――と、裕子さんは、何かはっとしたように。

「勿論《もちろん》、くますけも、一緒よ。くますけも一緒に楽しいことをするんですもの、まさか成美ちゃん、くますけが一緒でも嫌《いや》ってことはないでしょう？」

「え……ええ」

正直言って、あたし、困っていた。悩んでいた。

裕子さんが、あたしのために、あたしの機嫌《きげん》をとるためだけに、わざわざくますけのことを誘ってくれているっていうのは明白だったし、そんなことって悪いと思うし、そして、それに。

そして、それに、あたしは、いない方が、いいのだ。今は裕子さん、勿論あたしのことを好いてくれているし、あたしのことを可愛《かわい》がってくれているけれど、でも、長い目で見れば、裕子さんのためにも、あたしなんていない方が、きっといいのだ。それは、昨夜《ゆうべ》の、盗み聞いてしまった裕子さんの旦那《だんな》さんの電話でも、はっきりしている。

けど。

裕子さんみずから、くますけも含めてあたしのことを、『何か楽しいこと』に誘ってくれているって思うと……あたしには、それを断ることなんて、できそうにない。

だから、しょうがない、『え……ええ』。躊躇しているニュアンスも含めて、『え……ええ』。

「うわっ、やったね。じゃ、裕子おばさんは、これからお弁当作るわ」

けど。そんなあたしの思いも知らずに、あたしがピクニックに行くことに同意すると、裕子さん、とっても、とっても、はしゃいでくれた。はしゃぐことによって、あたしの気分を明るくしてくれようとしてるんだなって、当のあたしに判《わか》っちゃうくらい、とっても、無理して、はしゃいでくれた。

「ピクニックのお弁当っていったら、何はともあれ、卵焼きがはいってなきゃ、嘘《うそ》よね。あと、たこさんウインナと」

「…………」

「成美ちゃんのリクエストは？　成美ちゃんのママは、ピクニックだの遠足だの運動会だのっていう特別な日に、どんなお弁当、作ってくれてた？　あ、わにさんのウインナとか、かにさんウインナっていうのもあるのよね。ウインナって、庖丁《ほうちょう》の入れ方によって、たこさんになったりわにさんになったりかにさんになったり、いろいろするのよね」

「…………」

そんな、もん、なんだろうか？

正直言って、あたしには、それって、よく判らない。だって、あたし、幼稚園だの小学校だのの『事情』のせいで、遠足だのピクニックだのって参加したことがなかったし（これは、あたしが『まったく集団行動のできない悪い子』のせいだって、ママもパパも言ってた）、運動会の時にママが作ってくれたお弁当って、普通の日とまったく変わらない、『健康のために野菜をメインにした』『たんぱく質ひかえめでウインナのように保存料や着色料のはいっているものは極力いれない』、とっても『ヘルシー』なものだったから。（あ、

『　』の中の言葉って、言葉はあたしも知っていたり聞いたことがある、でも、本当のニュアンスはあたしにはどうしても今一つよく判らない言葉ね）

「ねえねえ、成美ちゃん。たこさんとわにさんとかにさんと、何がいい？」

「え……えっと、わに、さん」

「よっし。わにさんウインナね。裕子おばさんはがんばっちゃうぞ。それから……あ、成美ちゃんのママって、何か、サラダに執念、燃やしてなかった？」

「あ、ええ、はい」

ママの言ってた『ヘルシー』なお弁当って、多分、とにかく野菜を一杯ってことなんだろうな。だとしたら、サラダに執念を燃やしてたって言えないことはないだろうし、実際、ママの作ってくれたお弁当って、いっつも、おかず箱に山盛りの野菜と、それ以外にサラダのおかず箱がついていたし……。

「じゃ、このお弁当にもサラダをつけなきゃね。成美ちゃんだって、サラダがついてないお弁当なんて、何か、他人行儀で嫌《きら》いでしょ」

「………」

……ママのことは、いいの。もし、裕子さんが、『楽しいお弁当』なんてものを作るつもりでいるのなら、ママのことは考えない方が、いいと思う。だって、ママのお弁当って、そりゃずっと食べてきたし、好きだけど、でも、心が楽しくなるようなものではなかったって、親不孝な娘かも知れないけれど、あたし、そう、思うもの。けど、そんなこと言えないし……だから、無言。

「卵焼きと、わにさんウインナと、サラダと……あ、昨日の残りのてんぷらがあるわね、じゃ、それ、いれちゃお、あと……」

裕子さんは、にこにこと、お弁当を作る。にこにこと、とっても楽しそうに。

ああ。

だから、あたし、裕子さんが、好きなんだ。

で、そんな裕子さんの様子を見て、あたし、ふっと、思う。

裕子さんは、にこにこと、お弁当を作る。にこにこと、楽しそうに。

あたし……台所にいるママが、お弁当を作っているママが、御飯を作っているママが、楽しそうだった処《ところ》なんて……一回も、一回も見たことが、なかったんだ――。

☆

「あの木！　つげ、かしら、ね。いいわねー。ああいう木」

「ほら、成美ちゃん、見てごらんなさい、あそこのしげみ。あれはね、紫陽花《あじさい》よ。……ああ、あと一月遅ければなー、あの紫陽花、咲いてたのに。門はいってすぐの処に紫陽花のしげみがあったら、きっと梅雨時《つゆどき》は素敵でしょうね」

「この木はね、成美ちゃん、あすなろっていうのよ。で、あっちの……ほら、あの奥の方にある木が、ひのき。あすなろってね、いつか、ひのきになりたいって思っている木なのよ。だから、『あすなろ』。明日こそは、ひのきになろうって木なのね。ほらほら、成美ちゃん、誰も見ていないんだから遠慮することなんかないのよ、あすなろに触ってごらん」

ピクニック。ピクニックって多分、言葉の意味から言えば、野外の遠足ってことになる筈《はず》。

でも、このピクニックは、野外っていうのがはばかられる程、御近所を中心にしたピクニックだった。まるでお散歩のように、御近所を歩きまわり、目的地としているのは、歩いてゆくのはちょっと辛《つら》いかなって程度の処に位置している、ちょっと大きな公園。だから。

ピクニックをしているあたし達の目にとまる樹木は、殆《ほとん》どが、他人の家の庭にはえているものだった。つまり、あたし達、よそ様の庭の木について、ああだこうだ言いながら、とにかくピクニックを続けていた訳。

「ほら、成美ちゃん、あそこにあるのが柿《かき》の木よ。で、あっちが、びわ。こっちが、いちじく。いいわねー、この家の人って、自分の家の庭で、柿とびわといちじくがとれるんだわ」

樹木についての裕子さんの知識は、たいしたものだった。あたしの見ている限りでは、どんな木についても、裕子さん、それを知っているみたいで……。

「……裕子さん、あの木は？」

ごく、稀《まれ》に、あたしがこんなことを聞くと、裕子さん、いつでも、それに対して答えてくれるのだ。

「ああ、あれは泰山木《たいさんぼく》。ちょっと木蓮《もくれん》に似ているでしょう」

「やっだ、あれは、椿《つばき》じゃない。まさか成美ちゃん、椿を知らないってことはないわよね？　……ああ、花が咲いていないから判らないのかな、ほら、他の木に較《くら》べると、葉っぱがとっても肉厚でしょ？　これが椿の特徴なのよ。成美ちゃんだって、それさえ覚えておけば、他の木と椿の区別は、すぐつくわ」

「あれはねえ、ぐみ。……そうね、東京では、ちょっと珍しい種類の木よね。あのね、ぐみの実って、食べられるのよ」

最初のうちは。

あたし、正直言って、この『ピクニック』、全然楽しくなかったのだ。

そもそもあたし、お散歩なんてもともと好きじゃないし、いくらいろんな木があって、裕子さんがそういうものにとっても詳しいって言っても、目につく木って、所詮《しょせん》、人の家の庭木じゃない。そう珍しいものがある訳でなし、ブロック塀《べい》のお宅の庭は大抵の場合外からは見えないし、マンションじゃ庭なんて最初っからないし、住宅街をねり歩いて、一体どの辺が楽しいのかしらん、なんて思ってた。

けど。十分、二十分、歩くにつれて。

裕子さんが、とにかくはしゃいでとっても楽しそうにしてくれているせいでか、常日頃《つねひごろ》、あんまり歩かないあたしにとって、歩くのが丁度いい運動だったのか、あたし、だんだん、このピクニックが不思議と楽しくなってきたのだ。

「あ、これはね、かやつり草。ここをこうもって、ここをこうして……ほおら、かやみたいなものが、できたでしょ？　あ、成美ちゃんの年だと、かやってそもそも判らないか」

「わは、しろつめ草があるわね。これでね、花冠《はなかんむり》が作れるの。やってみましょうか？」

「それからねえ、これはクローバーともいうの。どおれ、四つ葉の奴《やつ》はあるかな？　四つ葉のクローバーって判るよね？　ちょっと成美ちゃん、捜してみない？」

「これはね、ムラサキツユクサって言うの。成美ちゃん、学校で、もう、顕微鏡を使ってみたことある？　あのね、ムラサキツユクサの葉っぱって、顕微鏡で気孔の状態なんかを見る時、一番手軽な標本になるのよ。ていうのは、ムラサキツユクサの場合、とっても簡単に組織が薄くはがせるからで……」

それに。裕子さんの知識って、木のことだけじゃなく、そこら辺に適当にはえている雑草にまで及んでいて——歩きながら、しゃべりながら、裕子さんが、雑草を使って、いろいろ遊んでくれたことも大きいかも知れない。

「ね、裕子さん、あの木は？　あれ、すっごく、大きい……」

「ああ、杉、ね。これだけ大きいってことは、かなりの樹齢の木だと思うわ。おそらくは、ここのお家《うち》の、今の御主人の、おじいちゃんの代くらいから、あの杉の木、ずっと、このお家にあって、このお家の人達のことを見守ってきてくれたんでしょうね」

気がつくと。

あたし、裕子さんに作ってもらったしろつめ草の花冠をかむって、蜜《みつ》を吸うためにサルビアの花なんかちょっとくわえて、とってもはしゃいで、裕子さんのまわりをとびまわっていた。

とってもはしゃいで――とっても、楽しんで。

あたしの腕の中では、くますけが、にこにこと、笑っていた。くますけも、にこにこと、楽しそうだった。

☆

「ふうう。やっと、ついた」

病院をでてから、二時間強、かかっただろうか。ついにあたし達、目的地にしていた公園についた（あ、道中、かなり遊びながら来たんで……普通に歩いていたら、この道のりって、半分も時間がかからなかったかも知れない）。公園につくと裕子さん、まず、思いっきり、のびをして。そしてそれから、そののびを、あたしにもすすめる。

「腕を伸ばすと気持ちいいわよ。成美ちゃんもやってみたら？」

「うん」

で、ふうう。

すすめられて、あたしも、思いっきり、腕を伸ばす。腕と同時に、背筋まで伸びて、成《なる》程《ほど》、これは、気持ちいい。

「まだお昼にはちょっと早いわよねえ……でも、お腹《なか》、すいちゃったな。成美ちゃんは、どう？」

裕子さんにこう聞かれて——この時のあたし、一も二もなく、まずうなずいちゃった。それから——はしたないけど、一回うなずいてみせただけじゃ印象がうすいかな、なんて思って、こくんこくんって、何度も、うなずく。

「そっか、成美ちゃんも空腹かあ。……でも、成美ちゃん、そのお腹、あと十分くらい、我慢できない？」

「え？　どうして……こんなに、お腹がへっているのに」

「ほら、せっかく、ピクニックに来た訳でしょ？　どうせなら、お弁当を食べるロケーションにも凝ってみましょうよ。なるたけ景色のいい、他の人の邪魔のはいらないような処、捜してみない？」

「りょおっかい。じゃ、あたし、捜してきます。できるだけいいロケーション」

で、あたしがこう言って、『できるだけいいロケーション』を捜すために走りだそうとした処――ふいに裕子さん、とっても真面目《まじめ》な顔になって、こんなことを言ったのだ。

「うん。そういう成美ちゃんが、私、好きだわ」

「え？」

「『いえ、あの……』だの『えっと、その……』なんて言わない、変な風に気を遣って口ごもったりしない成美ちゃんが好きだわ。そういう成美ちゃんが、普通の、普段の、地のままの成美ちゃんなんだと思うし、裕子おばさんは、下手に気を遣ってくれている成美ちゃんより、そういう、普通で地のままの成美ちゃんの方が、ずっと好きなのよ。……成美ちゃん、自覚してる？　このピクニックを始めた最初の頃は、成美ちゃん、何を言うにも『いえ、あの……』、『えっと、あの……』の嵐《あらし》だったり、すぐに黙りこんじゃったりしてたのよ。それがなくなっただけでも、随分健康的になったんだなって思うわ」

「……黙ってないです、黙ってないです、しゃべってます。ほら、うるさいくらいでしょう？」

　こんなことを言われてしまうと。こんな風に言われてしまうと。あたし、何て言っていいのか判らなくなる。だから、必死になって、早口でこんなことを言って。

　裕子さんがあたしに気を遣ってくれて、それが判るからあたし、ついついいろいろ考えて、『えっと、あの……』なんて台詞《せりふ》ばっかりが口にでちゃって。あるいは黙りこんじゃって。なのに、裕子さんが、そのあたしの台詞で更に気を遣ってくれちゃうんなら、あたし、これから、どうするのが一番いいんだろう？　いっそ、気を遣ってもらってることなんか気にせずに、のびのび明るくふるまった方がいいのかしら。少なくとも裕子さんは、きっと、そう思ってくれているに違いない。でも……あたし、裕子さんに、そこまで甘えてしまって、いいんだろうか……？

「さ、成美ちゃん、お腹がすいてるんでしょ？　裕子おばさんも、もうぺこぺこ。裕子おばさんのためにも、一刻も早く、いいロケーションをみつけてきてね」

と。あたしが早口で莫迦《ばか》なことを言い始めると、裕子さん、くすっと笑って、それからこう言うとあたしの背中を軽く押した。公園の、中央の方に。で、そうされたあたし、ただでさえどんな顔をして裕子さんの顔を見ていいのか、ちょっとパニック状態だったし——それに、正直言って、一刻も早くお弁当をひろげたい気分だったので——、ややこしいことは、一時、全部棚《たな》あげにしちゃって、公園の中に向けて走りだす。

「待っててください、今、みつけてきます。さいっこうのロケーションのとこ」

……あたしには。この時、裕子さんに対して、言わなければいけない台詞が、あった筈。沢山、沢山、あった筈。

例えば。

あたしなんて、ほんとはいない方がいいってこと。旦那さんがあたしのことをあんまり好いていないってこと。裕子さんがくますけのことをたとえ『異常』だって思っていてもそれはあたり前のことで、あたしが非難するようなことじゃないってこと。だから、くますけごと、あたしを追いだしてしまっても文句なんか言えないってこと。——そして、そんな思いの集大成として、あたしは『いない方がいいんだ』って自覚していること、だからさっきから黙りがちになっているんだってこと。裕子さんに迷惑をかけないうちに、あたしなんか、いなくなった方がいいって、あたし、本人が、思っていること。

なのに。

この時のあたし、そんなことは、何も、言わなかった。そんなことは言わずに、ただ、『いいロケーション』捜しに、駆けだしていて……。

ううん。

正直に、言った方が、きっと、いいな。

これは、実は、みんな、あとから考えたことなの。実は、この時のあたし、何も、なあんにも、考えていなかったの。裕子さんのためにもあたしがいない方がいいってことも、裕子さんの旦那さんのことも、くますけのことも、なあんにも。

ただ。

この時のあたし、とにかくお腹がすいていて、とにかく気持ちがよくて、とにかく——とにかく——とにかく！　とにかく、裕子さんと一緒に、お外にいられることが、楽しくて、楽しくて、余計なことなんか何一つ考えられずに、余計なことなんか何一つ考えずに——余計なことなんか、何一つ考えたくなくて——ただ、お弁当を食べる場所を捜す為《ため》に走りだしていたのだ。

☆

「次は、卵焼き、いきまあすっ！」

裕子さんと一緒だと、食事も、殆ど、お遊びだった。

「はあいっ！」

あたしが手に持っているのは、お弁当箱のうちの、御飯箱。御飯だけがぎっしりつまっている奴。そして、あたしの目の前には、御飯箱のふたがおいてある。御飯の熱気で、うっすらと汗をかいている、御飯箱のふた。

「卵焼き王子は、考えます。……どうしようかなー、逃げちゃおうかなー、それとも、食べられちゃおうかなー」

この、裕子さんの台詞と共に、御飯箱のふたの上には、とってもおいしそうなこんがりとしたきつね色の卵焼きが、裕子さんのお箸《はし》によって、導かれている。

「卵焼き王子、迷います。どうしようかなー、食べられたいけど、食べられると嬉《うれ》しいけど、でも、僕を食べる人は、ほんとに僕を食べたいって思っているのかなー。悩んじゃうなー」

「はい、はい、食べたい！　食べたい！」

こう言うとあたし、必死になって、御飯箱のふたの上をうろちょろしている卵焼きを、何とかお箸で摑《つか》もうとする。

「おおっと！　卵焼き王子は、成美姫のお箸に捕まってしまいました！　これは、複雑です。というのは、実は卵焼き王子は、成美姫に食べられたいって、ずっと、ずうっと、思っていたのですね。そして、今、一見、その思いが叶《かな》ったように見えますが……でも、成美姫が、本当に卵焼き王子を食べたいって思っていたのか、それとも、成美姫が、義理で、卵焼き王子を食べてくれているのか、卵焼き王子には、判断するすべが、ないのです」

「え……えと……ずるいよ、裕子さん、そんなのって、ずるい！」

ずるいっ！　だって、あたし、ほんとに、ほんっとに、卵焼きが食べたいんだもん。なのに、そんなこと言われちゃうと、ここで『卵焼き王子が食べたいっ！』って主張しても、それって、裕子さんへの義理でそう言ってるんじゃないかって思われそうで、そういうのって、ずるいと思う。

「あ、ごめんね。確かに今の言い方はずるかったね」

「うん！　……じゃ、卵焼き王子様、いただきまあすっ」

「はい、食べてください。……次は、わにさん、いきまあすっ！　はい、まず、赤わにさんが一人、ついで、白わにさんが一人……」

御飯箱のふたの上には、今度はわにさんウインナがのせられる。赤わにさんっていうのは、普通のウインナをわにさんにしたもので、白わにさんは、皮をはがしたウインナをわにさんにした奴。

「裕子さん、間違いっ！　わにさん、一人じゃなくて、一匹！」

「おっとお。これまた、裕子おばさんは成美姫に一本取られてしまいました。確かにわにさんは、一匹です」

裕子さん、こんなことを言いながら、レタスやきゅうりで、赤わにさんと白わにさんが隠れている、ちょっとした森を御飯箱のふたの上に作ってくれる。で、あたしは、レタスときゅうりごと、わにさんを二匹、おいしくいただく。

「はい、次は、かきあげです！　あ、かきあげは、直接、御飯の上にのっけようね。その方が、多分、御飯の上に汁がしみておいしいから」

「うん」

裕子さん、あたしの御飯箱の御飯の上に、直接、かきあげをのっけてくれる。それから、おかず箱をちょっとかたむけて、あたしの御飯の上に、おかず箱の底にたまっていた天つゆをかけてくれて。で、あたしが即席のかきあげ丼《どん》みたいなものを食べている間に、裕子さんは、せっせこせっせこ、自分の分の御飯を食べるのだ。

——これも。

この辺の処も、裕子さんとママ、違うと思う。それはもう、全然、違うと思う。

ママと一緒の食事で。あたし、こんなに楽しかったことは、勿論一回もなかったし、笑ったこともなかったし……それより何より、こんなにおしゃべりしたこと、それがそもそも、なかったと思うの。

ママは言ってた。御飯時に遊ぶんじゃありませんって。

それは、多分、正しいんだと思う。裕子さんだって、今日は、いろいろ哀《かな》しいことがあったあたしをはげますために、わざと御飯で遊んでいるのであって、常日頃は、絶対、御飯でこんな遊び方はしない人だと思う。

でも。

御飯で遊ばないっていう姿勢の他に、何より顕著に違うのは——会話も含め、裕子さんは、御飯で遊ぶことがないにしろ、お食事の時は、なるべく楽しくお食事しようって思う人だ。御飯の時に、一緒に会話を楽しんだり、くすくす笑ったり、とにかく、楽しい食事をしようって思う人。

けど、ママは。

御飯の時に、しゃべることなんて、殆ど、なかった。御飯の時のママとの会話って、やれ、それを残すんじゃありません、あれは栄養学的にいいものなのよ、どれとどれを食べなきゃいけないんです、みたいなものだけで……お腹がすけば、食事はしたけど、ママと一緒のあたしにとって、食事っていうのは、楽しみでも何でもない、生きてゆくために必要な、栄養補給の手段にすぎなかったのだ。

けど、裕子さんの場合、それが違う。そこが違う。裕子さんにとって、食事って、多分、必要な栄養を補給する手段だけじゃなくて、楽しみでもある筈で——食事を、『必要な栄養を補給する手段』だって思っている人と、『楽しみ』だって思っている人って、きっと、うんと、違うんだ。ううんと、うーーーんと、人種として、違うんだ。

そうとしか、思えない。

☆

「うわあ、食べたね」

「……もう、お腹、一杯。卵焼き王子にも、赤わにさんにも白わにさんにも、エビ天姫にも、も、当分の間、会いたくない。も、ほんとに、ほんっとに、お腹一杯で、今、卵焼き王子が来てくれたって、あたし、食べられそうにないと思う」

やがて、しばらくして。

裕子さんもあたしも、とんでもなく満腹のお腹を抱えて、池に面した四阿《あずまや》の、木の柵《さく》によりかかることになる。

あ。

今の状態をちゃんと説明しておくと——あたし達は、お弁当を食べるに際して、池に面した、ちょっとした四阿風の処を、絶好のロケーションとして、選んだのだ。何故《なぜ》って、ここだと、池の上を渡ってくる風は心地良いし、池も含め、景色はなかなか上等だし、ここであたし達がお弁当を広げちゃうと、それでもあたし達の邪魔をしようって四阿にはいってくる人はまったくいないし、時々、池に浮かんだボートをこいでいる人達が、お弁当を食べているあたし達にむかって手をふってくれたりするし……多分、これって、お弁当を食べる時の、もっともいいロケーションの一つじゃない？

そして。

この、四阿の、今、あたしと裕子さんがよりかかっている柵の、丁度反対側に、くますけは、いたのだ。反対側の柵によりかかって、たっぷりおひさまを体中に浴びて、あい変わらず、にこにことして。

「ああう、ほんっとに、お腹、一杯。もう、気持ち悪いくらいお腹一杯で……でも、気持ち悪くなるくらいお腹一杯って、こんなに気分のいいことだったんだ」

あたし、別に裕子さんに言うともなく、何か、しみじみと、こんなことを言う。だって……これ程、気分よく、これ程、お腹一杯になるまで御飯を食べたことって、少なくともあたしの記憶している限りじゃ、一回もなくて――『健康のためには、腹八分目』っていうのが、ママの口癖だったな、そう言えば――。

不思議だった。

だって、あたしったら、もう、気持ちが悪くなりそうなの。お腹があんまりにも一杯で、汚い話だけれど、喉《のど》もとの処まで、食べたものが逆流してきそうな程一杯で、そういう状態って、多分、ううん、実際、生理的な状態としては、『気持ちの悪い』ものである筈なのに――なのに、気分は、とっても、とっても、いいんだもの。これは、ほんとに、不思議じゃない？

「……あちゃ。忘れてたわ、くますけ」

と。

あたしが、そんなことを思っていると、ふいに裕子さん、こんなことを言いながらくますけのことを抱きあげる。その動作があんまり自然だったから、あたし、何となくほけっと裕子さんのことをみつめて――そしたら、裕子さん。

「裕子おばさんと成美姫ばっかりが御飯を食べて、くますけのことを忘れていたのは、ごめんね」

え？

……ええ？

裕子さん、しゃらっとこんなことを言うんだもん！

くますけは、常識的に言えば、ぬいぐるみだ。そして、常識的に言えば、ぬいぐるみは御飯を食べない。だから、常識的な普通の人は、ぬいぐるみの御飯のことなんか気にしない。ううん、そもそも、普通の人は、『ぬいぐるみ』って言葉と『御飯』って言葉を、くっつけて考えたりはしない筈。だからあたし、そう思ったからあたし、裕子さんの前ではなるたけ常識的な子でいたいあたし、今日は、心の中でくますけに謝りながらも、わざとくますけにお食事をさせずにいたのに……なのに裕子さんたら……裕子さんたら、何を、する気なんだろう？

「はい、くますけの、ウインナ。はい、くますけの、卵焼き」

裕子さん。あたしの目の前で、空になったおかず箱から、架空のウインナや架空の卵焼きをお箸でつまんで、くますけの口のあたりへもっていってくれる。

「はい、ぱくぱく。はい、もぐもぐ」

「え……あの……裕子、さん」

信じられない。とても、信じることなんて、できそうに、ない。だって、裕子さんのやっていることって、普段、あたしが、パパやママの目を盗んで、クラスメートや先生の目を盗んで、食事時にこっそり、くますけにやってあげていること、そのままで……この分だとくますけ、裕子さんの手によって御飯を食べることが可能みたいで……でも、どうして裕子さん、知っているの？　どうして、知っているの、くますけの御飯のこと。

「ああ、ごめんなさい、私が勝手なことをしたんで怒った？」

と、くますけに空想上の御飯をあげていた裕子さん、そんな裕子さんのことをじっと見ているあたしの視線に気がついて、ふいに、慌《あわ》てたようにこう言う。

「ううん、ううん」

ぶるぶるぶる。あたし、必死になって、首を横に振る。こんなことしか、今のあたしにはできない。あんまり今のシーンがショッキングで、あたし、とても、満足な台詞をしゃべれそうにない。と、裕子さん、しゃべらないあたしの様子を見て。何かちょっと誤解したらしく、ほんのわずか弁解がましい口調になって。

「あの……くますけの、御飯、なんだけどね、くますけって、ぬいぐるみでしょ、普通に御飯を食べさせたら、腐っちゃうと思うのよね」

ぶんぶんぶん。

うんって言うかわりに、うんっていう思いをこめて、あたし、ひたすら、首を縦に振る。

ぶんぶんぶん。

「でも、御飯食べないとやっぱり、お腹がすくんじゃないかなーって、ちょっと裕子おばさん、思っちゃったものだから……だから、こうして……気持ちだけでも、くますけに、御飯をあげようと思ったんだけど……もし、私のやったことが、間違ってたら、ごめんなさい。それに、あるいは、何か成美ちゃんの気にさわったんなら……あ、その場合は、絶対、遠慮なんかしないでね。正直に言って。ぜひ、言って。裕子おばさんは、成美ちゃんの嫌がることは、絶対に、ぜえったい、やりたくないのよ」

ぶんぶんぶん。

あたし、ひたすら、首を振る。ただ、この場合、首って、横に振っていいのか縦に振るべきなのか、あたしにはどうしても判らなくて……。

だって。

裕子さんの、やったことは、正しいのだ。くますけは——ううん、ぬいぐるみは、普通の意味では御飯が食べられないのだ。くますけの口に、ただ、御飯をなすりつけたら、その場合、くますけ、腐ってしまうだろう。けど、それでも。けど、それだって。

くますけには、御飯が必要なのだ。だって、くますけは立派な生き物なんだもの、御飯なしで生きてゆける生き物なんて、いる訳がない。だから、あたし、ずっと、ずっと、くますけが腐らないよう苦心しながらくますけに御飯を食べさせてきていて……くますけが腐らなくてすむ、そして、御飯も食べられる、あたしの見つけた唯一《ゆいいつ》の方法っていうのが、今、裕子さんのやってくれたようなことなのだ。

だから、裕子さんのやってくれたことは、正しい。裕子さんが今やってくれていることって、ほんとに正しいことなんだ。とすると、ここではあたし、首、縦に振りたい。

でも。

でも、勿論、勿論、でも。

裕子さんが今くますけに対してしてくれたことが、何かあたしの気にさわったって訳では、ないのだ。ある筈が、ないのだ。確かに今まで、くますけに御飯をあげるのはあたしだけの仕事で、他の人は誰一人、それをやったことはないけれど、でも、それだって、単に他の人は莫迦々々《ばか》しがってだか何でだか、絶対そういうことをやってくれなかったっていうだけの話で……裕子さんがくますけに御飯を食べさせてくれたからって、あたしの気にさわることなんて、ある訳がないのだ。

だから、万一、裕子さんのやったことが気に障るって意味にとられちゃったら困るから、その場合はあたし、首、縦になんか振れない。

とするとあたし、とするとあたし、首を、どう振ったら、いいんだろう？　ううん、首を振る必要なんてほんとはない、今の正直な気持ちを正直に言葉にすればいいだけで……でも、今の正直な気持ち、どう、言葉にしたら、いいんだろう？

…………。

……えーい、判んない。

いろんなことを考えていたら、あたし、ほんとに、判らなくなった。

……えーい、判んない。

くますけの御飯はそれでいいんです。くますけの御飯のことにまで気を遣ってくださってありがとうございます。気にさわっただなんて、そんなこと全然ありません。それどころか、それどころか……。

確かに、これ、全部、今の正直な気持ち。でも――ほんとのこと言って、でも――これって、あたしの、今、言いたいことなんかじゃ、ない。今、あたしが言いたいことって、たったの一つで、それは確かに今のあたしの正直な気持ちで、けど、この場合に即している言葉だとはとても思えなくて……でも、正直な気持ちで……。

「裕子さん……好きっ！」

次の瞬間。

あたし、こう叫びながら、裕子さんに、抱きついていた。

「裕子さん……好きっ！」

裕子さんの聞いたことの、これが答になっているとは思えない。もっと他に言うべき台詞は、あるような気がしないでもない。けど……でも、今のあたしに言えるのは、ただ、この、言葉だけ。

裕子さん、好きっ！

とにかく、好きっ！

あたしのことを、くますけのことを、判ってくれるから……だから、好きっ！ うぅん、理由なんて、どうでもいいの。とにかく、好きっ！　ああ、ほんとに好きなの、とんでもなく好きなの、もう、どうしよう、どうすればあたしがこんなに裕子さんのこと好きだって、裕子さんに判ってもらえるんだろう。

あたしってば、これ程、とんでもなく、とてつもなく——とにかく、裕子さんのことが好きなのに、なのに、『好き』って言う以外、その表現の手段がまったくないのよ。あたし……『好き』なんて言葉じゃいいあらわせない程、裕子さんのことが好きなのに。

「成美ちゃん……」

あたしに抱きつかれた裕子さん、しばらく、どうしたらいいのか、あたしの反応に困るっていう顔をして——そして、それから。

「ねえ、成美ちゃん、くますけのにおい、かいでみて」

「え？」

「くますけの、におい。かいでみて。成美ちゃんは、普段のくますけのにおいをよく知っているでしょう。普段のにおいと今のにおいって、きっと違うから、ちょっとかいでみて」

「え？　……あの……」

裕子さんが何を言いたいのか判らないままに、あたし、くますけの鼻面《はなづら》に自分の鼻を押しあてて、くますけのにおいをかいでみる。これって、あたしが一番好きな、普段、あたしとくますけがおしゃべりをする時のポーズ。

と。

くますけの、におい。

確かにいつもと違っているのだ。

普段は、くますけ、『ぬいぐるみのにおい』ってあたしが勝手に呼んでいる、そんなにおいをしているのだ。でも、今のくますけのにおいって、それとは、微妙に違う。何かちょっとなつかしいような、何かちょっと温かいような、とっても気持ちのいいにおいになっていて……。

「今のくますけって、おひさまのにおいがしない？」

裕子さんがこう言ってくれて。で、あたし、気がつく。そうだ。確かに今のくますけの、ちょっとなつかしいような、ちょっと温かいような、とっても気持ちのいいにおいって、おひさまのにおいだ。

「うんっ！　おひさまの、におい」

「おひさまのにおいって……いい、におい、でしょ？　いいにおいだって、成美ちゃんも思う？」

「うんっ！」

「だったら、くますけも、できるだけお外に連れ出してあげなきゃ。おひさまの許《もと》にいれば、くますけはいつだって、おひさまのにおいになれるのよ」

「……うん」

……………。

……そっか。

あたし、この時、ほんとに心から、納得したのだ。そして、心から、そう思ったのだ。あたし……これから先は、もうちょっと、お外に出よう。もうちょっと、お外で遊ぼう。くますけのためにも。

あたし……ほんとは、お外に出るのがあんまり好きじゃない。そりゃ、今日のピクニックは楽しかったし、今日みたいなことがあるんなら、いつだって歓迎するけれど、でも、今日は、特別な日だもん。裕子さんもいてくれるし、葉子ちゃんみたいな苛《いじ》めっ子はいないし。でも……けど。

普通の日の、お外には、裕子さんはいてくれないし、葉子ちゃんみたいな苛めっ子がいる。普通の日の、お外には、嫌な要素は山のようにあるのに、あたしが出ていきたい要素なんて一つもない。

でも、それでも。

それでも、でも、あたし、できるだけ、お外に出るようにしなくちゃ。

だって、くますけが、あたしにはいるんだもん。おひさまの許にいれば、くますけ、おひさまのにおいになれるんだもん。

くますけのためにも、あたしは、なるたけ、お外に出るようにしなくちゃ。

☆

夕方頃、雨が降ったけど。
でも、この日の、ピクニックは、楽しかった。ほんっとに、楽しかった。
そして、あたし、裕子さんのことを、もっと、もっと、好きになった。
とっても、とっても、好きになった。
うん。多分。
親不孝な娘かも知れないけれど、ママのことより、好きだと思う。

# 八

「今日はとっても楽しかった。くますけも、ねえ、楽しかったよね？」

その晩、ベッドの上で。まるっきり赤ちゃんみたいに寝かせてもらったあたし（勿論《もちろん》それもとっても楽しかったから、文句を言う気なんてまったくないんだけれど、裕子さん、自分に子供がいないからなのか、ちょっと、誤解してる処《ところ》があるみたい。ベッドまで一緒に来てくれて、寝ているあたしのベッドサイドにすわって、昔話なんかしてくれるっていうのは、これ、もっとずっとちっちゃい子の寝かしつけ方だよね？）、裕子さんが部屋から出て行くと、むっくりベッドから起き上がって、ベッドカバーの上で膝《ひざ》をかかえ、その上にくますけを乗せる。そんでもって、くますけの鼻面《はなづら》にあたしの鼻をこすりつけて――この状態が、一番安心して、くますけとおしゃべりできるのだ。

『このまま寝ちゃえばいいのに。せっかく裕子さんが寝かしつけてくれたんだもの』

「それもそうなんだけど、ちょっとくますけと話しておきたいことがあって……晃一おじさんのことだけど……これからどうしたらいいんだろう？」

今日、裕子さんとの楽しいピクニックから帰ってみると。晃一おじさんの態度が、微妙にそれまでと違っていたのだ。あ、とは言っても、あたしのことを前より邪魔にするようになった、とか、くますけのことを苛《いじ》める、とか、悪い方の変化ではないのね。話はむしろ、その逆で、晃一おじさん、何だか急にあたしと仲良くなろうって決心したみたいで、一所懸命、あたしの機嫌《きげん》をとってくれようとしだしたのだ。

『なっちゃんは人の気持ちが判《わか》らない子じゃないから、僕が言うまでもなく判ってるだろうと思うけど、晃一おじさん、あれ、決して、何か悪い下心があって、急になっちゃんに優しくしだした訳じゃないよ』

「うん。判ってる。大人の人が急にああいう態度になる時って、以前のあたしへの態度がちょっとよくなかったなって思って、反省してくれた時だもんね」

『判っているならそれでいいじゃない。これから同じ家にすむことになるんだし、晃一おじさんの方から気を遣ってもらえるんなら、なっちゃんは素直にそれに甘えたらいいんだ』

「……判ってる。それは、判ってるの。ただ、問題は……どう、甘えたら、いいの、あたし？　どうすれば晃一おじさんと仲良く普通にしゃべれるのかしら」

晃一おじさん、裕子さんへの態度なんか見てると、とっても優しいいし、裕子さんのことが好きなんだなって見てるだけで判るし、あたしにも一所懸命気を遣ってくれるし、いい人なんだろうなって思うの。実際、とっても、いい人なんだろう。でも——でも、何故《なぜ》か、どういう訳か、あたしと晃一おじさんって、どうやら致命的に波長があわないらしいのだ。あ、勿論。これは、どっちが悪いっていう問題ではない。どっちも悪くないって言うか何て言うか……。たとえば。もっの凄《すご》くささいなことだけど、食事している時に、晃一おじさんが、ふっと手許《てもと》に視線をやって、それから手をのばそうとしたりするでしょ。で、あたし、ああ、おじさんはきっとお醤油《しょうゆ》をとって欲しいんだなって思って、気をきかせたつもりでおじさんにお醤油を渡す。と、そういう時に限って、おじさんが欲しかったのは、実はお醤油じゃなくてソースだったりして——で、おじさん、そんな時は正直に、『いや、成美ちゃん、ありがとう。でも、僕が欲しかったのはソースなんだよ』って言ってくれればいいのに、あたしに気を遣ってか、本来ソースをかけたかったものに無理にお醤油をかけたりして、視線の様子であたしにはそのことが判り、あたしはとても申し訳なくなってしまい……。

　食事時にも、晃一おじさん、一所懸命おしゃべりをしてくれたの。たとえば——。

「今、成美ちゃんは四年生だって？　四年生だと……おじさんは、その頃《ころ》、理科と体育が一番得意だったな。あの頃の理科って、科学の基礎というよりはちょっと遊びみたいな雰《ふん》囲《い》気《き》があって、おじさんは結構好きだったな」

「………」

せっかくおじさんからおしゃべりしてきてくれているんだもの、この時あたし、ほんとにおしゃべりしたかった。なるたけ楽しくお返事して、おじさんと楽しい会話ってものがかわせたら、きっと裕子さんも喜んでくれるだろうし、おじさんもあたしのことをちょっとは好きになってくれるかも知れないし、ぜひとも、ぜひとも、楽しい会話がしたかった。でも……世の中で、何が嫌《きら》いって、体育と理科程嫌いなものはないってあたし、どうにもうまいことあいづちがうてなくて。

「えーと、あのね、成美ちゃん」

で、あたしがしょうがなくて黙っていると、おじさん、もっと気を遣って、もっといろいろしゃべってくれるのだ。哀《かな》しいことに、あたしにあいづちがうてそうにない話題ばっかり。

「酸素を取り出す実験っていうのは、確か、小学校の四年くらいでやるんじゃなかったかな？　ほら、二酸化マンガンと過酸化水素水を使う奴《やつ》」

「………」

「あれは、なかなか、楽しかったろ？　おじさんは、好きだったな、ちょっと水遊びみたいで」

「………」

……にさんか何とかも、かさんか何とかも知らないあたし（……ひょっとしてひょっとしたら、学校でやったのかも知れないけれど、覚えてない……）、これに、どう、あいづちをうったらいいの。

「えーと、水酸化ナトリウムの溶液に椿《つばき》の葉のような肉厚の葉をひたして、葉脈をとる奴は、やった？　あれは、工作みたいで、楽しかったろ？　取れた葉脈は、とってもきれいで、女の子なんかよく栞《しおり》にしてたっけな」

……にさんか何とかとかさんか何とかのあとに、すいさんか何とかにでてこられても、あたし、困るのだ。何が何だかよく判らない。

「あれ？　やってない？　あれは、四年生くらいでやるんじゃなかったっけかな、えーと……えーと、じゃあ、体育はどう？　飛び込み前転なんて、結構ダイナミックで楽しくないかい？」

「……飛び込み前転は、やりました」

でも……あたし、あれ、嫌い。大嫌い。マット運動は、大抵嫌いだけれど、中でもあれは、あたし、どうしても思いきって飛び込めなくて、先生に怒られて、みんなに莫迦《ばか》にされて、だから、とっても、大嫌い。

「そう、やった？　で、あれ、楽しかったろ？」

「………」

「えーと、運動会はどうだ、運動会は。運動会は、いくら何でも、楽しかったろ、成美ちゃん。……ああ、過去形で言っちゃ、まずいな。運動会は楽しみだろ？　今度、また、運動会がある時には、裕子がお弁当作って、僕と裕子で応援に行くよ。前の日には、一緒にてるてる坊主《ぼうず》を作ろうね」

「…………」

運動会がある度に。どうか、雨で流れてくれますようにって、さかさてるてる坊主を作るのがあたしの習慣だっただなんて……この状態では、とてもあたし、言えない。

「あれ、最後にリレーがあると盛り上がるんだよね。全員参加の、クラス対抗リレーなんて、盛り上がった記憶があるなあ。ほら、クラス全員参加のリレーって、クラスの人数に微妙に差があるじゃない、一人か二人、他のクラスより人数が少ないクラスがあったりして。これでもね、おじさんは、子供の頃、とっても足が速くてね、そういう時、大抵二回走ることになったんだ」

……全員参加のリレー――ただでさえ大っ嫌いな運動会の中で、あれ程嫌いなものって、あたし、他に、ないの。あたし、とっても、足が遅くて、普通のかけっこなんかの場合、あたしだけが恥をかいて、あたしだけがビリになれば、それで話は済むんだけれど……クラス・リレーの場合、恥をかいてビリになるのは、クラス全体じゃない。だから、そのことで、苛められた。さんざ、さんざん、苛められて、嫌味《いやみ》言われて、酷《ひど》い時には、運動会に、病欠しろとまで迫られたことがある。

（……もっとも……健康第一のママの前では、仮病なんて通用せず、結局その時のあたし、運動会に出ざるを得なくなって……うちのクラスが、あたしのせいでビリになったあと、あたし、一月くらい、うんと苛められた記憶がある。）

「ええっと……運動会のことも、あんまり、話したくはないのかい？　えーと、じゃあ……じゃあ、成美ちゃん、成美ちゃんは学科では何が一番好きなのかな？　成美ちゃんの好きなことを話題にしよう」

「ええと……家庭科と、社会と、国語が、好きです。特に、国語と社会は、割りと成績がよくて、得意です」

「……家庭科と……社会と……国語……ね」

この、晃一おじさんの反応だけで、晃一おじさんが、すべての学科の中で、家庭科と社会と国語が一番苦手か嫌いだったんだなって、あたし、判ってしまう。

「んと、成美ちゃん趣味は、何かな？　おじさんと似た趣味があると、いいねえ」

でも。さすが大人だけあって、晃一おじさん、あたしと違い、苦手な話題がでたあとも、話題を転換するっていう手段にでる。

「え……あたしの趣味って……本を、読む、こと、かな」

「そうかあ。趣味があうねえ。おじさんも、実は、読書が一番の趣味なんだ」

でも。あたしの読んでいる本は、主にファンタジーや童話なのに対して、おじさんの読んでいる本が、主に医学の専門書じゃ……共通の話題がある訳がない。

つまり。結局。

何とか楽しくお話しあいしようと、晃一おじさんもあたしも、一所懸命に歩みよりと努力をしたにもかかわらず、空白の多い、しらけ果てた会話の末、あたし達、お互いにまったく共通点のない、気のあわない性格をしているんだってことだけが、くっきり、鮮明に判ってしまって……。

「ねえ、くますけ。昨日までと違って、せっかくおじさんがあたしと仲良くしようとしてくれてるんだもの、あたし、おじさんと仲良くなりたい。できればあたしのこと、おじさんにいい子だって思ってもらいたい。それがあんまり高望みでも、せめて、おじさんに普通の子供だって思ってもらいたいの。でも……あんな調子の会話を続けてたら、おじさんにとってあたしって、どんどんとっつきにくい、せっかく気を遣ってやっても全然おじさんになつこうとしない、可愛気《かわいげ》のない子になっちゃうと思うの。……おじさんも……あたしも、どっちも多分、悪くないのに……こういうのって、どうしたらいいの？」

『……うーん』

くますけは、いつも、本当のことしか言わない。くますけは、いつも、あたしにとってもっともためになることを言ってくれる。くますけは、いつだって、一番頼りになるあたしの味方だ。でも、さしものくますけも、こういう場合はどう言ったらいいのか判らないみたいで……。

『まあ……段々に、慣れてゆくしかないんじゃないかなあ。これから先、一緒にこの家で暮らすようになれば、段々共通の思い出なんかもできてくるだろうし……そうしたら、何かそういう、共通の思い出のことを話せばいいさ』

「共通の思い出って……おじさんと、あたしの？　今日もおじさんは気を遣ってくれました、あたしも一所懸命気を遣いました、でも、お互いにしらけましたって思い出を、話しあう、の？」

『いや、だから、今日明日のことじゃなくて。いつかきっと、おじさんと一緒にお買物に出ることもあるだろうし、おじさんと一緒にピクニックに行くこともあるだろうし……ああ。そうだ、なっちゃん、どうして今日のピクニックのことを話さなかったの？』

「え？」

『今日、裕子さんとどんな処へ行って、何をして、で、どう楽しかったのか。そういう話をすればいいんだよ』

「でも……そんなこと、おじさん、裕子さんから直接聞いていると思う。何もあたしが言わなくたって」

『うん、その姿勢が悪いんだ。おしゃべりっていうのはね、何も有用な情報を交換しあう手段に限ることなんてなくて……ほら、なっちゃんだって、今日あったこと、僕はみんな知っているのを承知で、僕とおしゃべりするじゃない。ああいう感じで、たとえ相手が知っていることでも、何回でも、話せばいいんだよ』

「でも……今日のピクニックで楽しかったことって、裕子さんがくますけに御飯を食べさせてくれたことだとか、しろつめ草で花冠《はなかんむり》ができることだとか、お食事のあとで公園の中で四つ葉のクローバーを二つみつけたことだとか……多分、おじさんには、まったく興味のないことだと思うの。そんなことを、あたしばっかりしゃべったって……」

『そういうとこ、なっちゃんは変に気を遣いすぎるんだよ。裕子さんも言ってたろ？　変に気を遣わないなっちゃんの方が好きだって。それに、おじさんだって、別に、なっちゃんの理科の成績だの、かなんとかかんとかを使った実験が楽しかったかどうかなんて、多分、興味、ないと思うよ。ただ、なっちゃんと楽しくおしゃべりをしたいがために、ああいう話題をもってきたんだと思うんだ。だとしたら、二人とも意味が判る分、たとえおじさんがすでに知っていることでも、たとえおじさんに全然興味がないことでも、今日のピクニックのことの方なんかがいい話題だと思うな』

「……成程《なるほど》、ね。そっかあ、そういう考え方も、ある訳だあ」

　かくん。

　あらら。

あたし、ちゃんと起きててくますけとおしゃべりをしていたつもりなのに、この台詞《せりふ》を言った瞬間、あたしの鼻、かくんって感じで、くますけの鼻面《はなづら》の中にめりこんでしまった。

何か、しゃべりながら、ちょっとうとうとしちゃったみたい。

『おふとんの中にはいりなよ、なっちゃん。もう、なっちゃんはお眠《ねむ》みたいだ。そうしないと、また、僕とおしゃべりしている間に、いつの間にか寝こんじゃうよ』

「うん」

あたし、素直にベッドの中にもぐりこみ、それから、くますけをあたしの隣に抱き寄せる。

「何か、ここの処、よく、あたし、くますけとおしゃべりをしている間に眠っちゃうねえ」

『多分、疲れているんだよ、なっちゃん』

「うん。今日はピクニックで普段の何倍も歩いたし」

『そうじゃなくてね、多分、気持ちが疲れているんだよ、なっちゃん。でも……大丈夫だからね。なっちゃんには、僕がいるから、大丈夫だからね』

あたしが眠いせいなのかな、何となく、間のびしてゆくくますけの声を聞きながら、あたし、ゆっくり、眠りの世界にひきこまれていった――。

☆

晃一が、ドアをあけてはいってきた時。ベッドの上に座って晃一のことを待っていた裕子、こちらは純粋に昼間のピクニックの疲労から、半分眠りかけていた。でも、ドアの開く音で、裕子、はっと目をさまし、裕子の隣に腰をかけた晃一に笑いかける。

「何だ、裕子、今日はさんざ歩きまわって疲れたんだろ？　あくび嚙《か》み殺して俺《おれ》のこと待つくらいなら、先にやすんでいればいいのに」

「今日は特別。今日は私、あなたにお礼を言おうと思って」

「ん？　何かお礼を言われるようなこと、したかな？」

「判ってるくせに。今日は、どうも、ありがとうございました。あんなに成美ちゃんに気を遣ってくれて──気の遣いすぎで、二人とも全然会話になってなかったけど──でも、あなたが、あんなに成美ちゃんに気を遣っておしゃべりしてくれて、成美ちゃんと仲良くしようとしてくれたこと、私、ほんとに、感謝しています」

「感謝されるような筋合いのことじゃない。むしろ……昨日までのこと、大人気《おとなげ》なかったなって、こっちの方が反省してるよ」

晃一、こう言うと、ちょっと首をすくめてみせると立ち上がり、寝室の冷蔵庫の中から、缶《かん》ビールを二つ、取り出す。

「俺は、いつものナイト・キャップを飲《や》るけど、おまえは？」

「じゃ、いただきます」

で、二人で、ベッドにすわったまま、プル・リングをひく。

「……俺はね、今日の裕子を見ていたら、ちょっと、成美ちゃんに対する見方が変わったんだ」

殆《ほとん》ど一息で、うまそうに缶ビールを半ば程も飲んでしまうと、晃一、ゆっくり、こんなことを言う。

「今日の裕子は楽しそうだったな。実際、あれだけ楽しそうな裕子の笑顔って、見るのが久しぶりだった。おまえが子供好きだってことは、前からよく知ってたつもりだったんだが……あんなに嬉《うれ》しそうな顔をされるとね、成美ちゃんがこの家に来てくれたのは、あるいはおまえにとっていいことだったのかも知れないって思えてきて……」

それから、晃一、ちょっと笑って。

「成美ちゃんが男の子で、それで裕子があんな表情をしたんなら、俺、あるいは今頃、成美ちゃんを追いだそうって算段してるかも知れないな。嫉妬《しっと》でもってさ」

「やだ、あなたったら。何言ってるの」

「あるいは、これから俺、深刻な嫉妬に悩むことになるのかも知れない。ほら、よく、言うじゃないか？　女ってのは子供ができると、それまでどんなに亭主にかまってくれてた女でも、亭主のことが生きがいだったような女でも、一転して、子供のことにばっかり気を配るようになり、亭主のことなんかまるで知らないって感じになるってさ。うちの場合、そういうことはなかった訳だけど、これからそうなる危険性はずいぶんありそうだな」

　何気なくこう言ってしまってから、それから晃一、あるいは今の台詞は、あれだけ望んでもどうしても子供ができなかった裕子を傷つけることになるかも知れないって気がついて、いささか慌《あわ》て、話題を変える。

「それに……しゃべってみて、判ったんだが、成美ちゃんっていうのは、ありゃ、頭のいい子だな。えらく、頭のいい子だ」

「あら？　そんなことまで、判った？　あんなに会話にならないような会話ばっかりやってたのに」

「判るさ、そりゃ。俺は小児科じゃないから、あの年齢の子供に接したことって殆どないけど、それでも、あの子が、ある意味で、奇跡的に頭のいい子だってことは、判るよ」

「奇跡的に頭のいい子って……そりゃ、成美ちゃんは、とっても頭のいい子だけれど、でも、それはあなたのかいかぶりよ。あの子は別に、天才って訳じゃないわ」

「勿論俺も、そんなことは思っていない。『奇跡的に頭がいい』っていうのは、もっと別の意味でだよ。あの子……あの年で、その気になれば、完璧《かんぺき》に敬語が遣えるんだぜ。俺やおまえとの会話の時は、多分意図してだろうがあんまり丁寧語は遣っていないけど、尊敬語だの謙譲語だのは、本人さえその気になれば、完璧に遣える。これは……凄い、ことだよ。異常なことだって、言ってもいい」

「異常って……まさかあなた、また成美ちゃんがおかしな子だって話をむしかえそうってつもりじゃ」

「違う、違う。よく、聞いてくれ。俺は、今ではすっかり、成美ちゃんを引き取る気になってるよ。何せ、成美ちゃんが家にいてくれるだけで、おまえがあそこまで幸せそうになってくれるんだから。……だから、ここから先の話は、虚心坦懐《きょしんたんかい》に、引き取るつもりの、これから世話をしていくつもりの成美ちゃんに、ちょっと異常な処があるから、それで心配して話している、義理の父親の話だと思って聞いて欲しい」

こんなことを言われて。晃一にお礼を言うつもりでわざわざ起きていた、晃一と成美が仲良くなりそうなことが嬉しくて、で、ついついいつもは飲まないビールなんかまで飲んでしまった裕子の心、ふいに、うんと、ひきしまる。晃一は、ふいに硬くなってしまった裕子の表情を見て、何とかその表情を少しでも和らげようとしてか、軽く冗談めかして言葉を続ける。

「あのさ、情けないことに、実はうちの病院にも、ろくに敬語が遣えない奴がいるんだ。それも、結構な数だよ。おまけに、みんな、二十《はたち》すぎだ。けど、これが、現代の風潮だと思えば、あるいは仕方がないことなのかも知れない。なのに、成美ちゃんは、そんな敬語が、おそらく完璧に遣えるんだ」

「……え……ええ。でも、それは、単に、成美ちゃんが教養のある子で」

「そうじゃない。……えっとね、敬語で、一番簡単なのは、『丁寧語』って奴なんだ。とにかく、丁寧な言葉を話していりゃ、何とかなるって奴だからね、これは。だから、うちの病院の敬語がろくに遣えない連中だって、丁寧語は、何とかなる。なのに成美ちゃんは、他人行儀にならないようにって思ってだろうが、わざと丁寧語を遣わないでいるふしがある。敬語の、一番簡単な『丁寧語』をわざと遣わずに、なのに、他の敬語は全部ちゃんとできているだなんて……これ、おかしく、ないか？　すっごく、おかしい、だろ？」

「……え……ええ……」

「十歳の子供が、完全に敬語が遣える。これだけでも、俺、充分早熟な子だって思うよ。でも……十歳の子供が、完全に敬語を遣える程早熟で、その上、他人行儀になっちゃまずいからって、わざと丁寧語を使わないでいるとしたら……これ、『早熟』って言葉で、済む問題なんだろうか？　こと、この、対人関係への配慮だけでも、俺、成美ちゃんが普通の十歳の子供だとは、とても、思えん」

「…………」

　言われてみると、確かにそれ、裕子にも思いあたるふしがある。

「あまりにも、気を遣いすぎるんだ。あまりにも早熟すぎるんだ。この……対人関係の早熱さは、一種天才としか思えない程で……これが、十歳の、子供のすることだろうか？」

「………」

同じようなことは、実は裕子も感じていた。そして裕子は、その事情についても、うすうす察している処があって……。

「それにさ、俺、さっき、聞いちゃったんだ」

「え？　何を？」

「リビングから寝室へくる間に、どうしても成美ちゃんの部屋の前を通らざるを得ないだろ？　したら……成美ちゃんの部屋の中から、話し声が聞こえてきたんだ。こんな時間にまだおまえが成美ちゃんの部屋にいるのかと思って、俺、思わずドアに近づいちまって……でも、聞こえてきた声は、成美ちゃんのものだけだった。おまけに、ほら、この家は古いもんだから結構たてつけにがたがきてるだろ、ドア、開けなくても、部屋の中がまっ暗なのはすぐ判る。まっくらな中で成美ちゃん、何やら一人でしゃべってんだ」

「それは……あの……くますけ、だと思うわ。多分成美ちゃん、くますけとおしゃべりしてて……でも、あのね、あなた。あの年頃の子供がぬいぐるみとおしゃべりをするっていうの、決して異常なことだって思わないで欲しいの」

「いいよ、そう必死になって成美ちゃんのことをかばわなくても。それに俺、ぬいぐるみと話していたから成美ちゃんが異常だって言っているんじゃなくて……異常だったのは、その会話の、内容だよ。成美ちゃん、ぬいぐるみと俺のことについて話していて……あれは、不思議だった。声が同一人物のものだってはっきり判ったからいいようなもんで、もし、そうじゃなかったら、俺、あの部屋の中には俺達の知らない、誰か大人が隠れているんだって思っちまう処だった」

「え？」

「言ってることの内容が、どう聞いても大人が子供に言い聞かせているようなものにしか思えなかったんだ。俺が急に成美ちゃんに対して気を遣うようになったのは、別に悪い下心があってのことじゃなくて、おそらくは今までの態度を大人気ないって反省してくれたからだろう、とか、俺に気を遣ってもらっている以上、できるだけ俺にいい子に思われるようになりたい、だとか、どうすれば俺と仲良く会話ができるだろうか、だとか……。普通の十歳の子供が、いくらうちに世話になっているからって、そこまで、そういうことを気にするか？　あれは……おかしいよ。おかしいっていうより、あんなに周囲に気を遣い続けていたら、あの子、そのうち、生きているのにくたびれはてちまうぞ」

「ええ……その点は、確かに、あなたのいう通りだと思うの」

裕子、そう言うと一回こくんとうなずき、それから無意識のうちに自分の右手の爪《つめ》をみつめる。無意識のうちに裕子の右手の人差し指、裕子の口許まであがり、そのまま口許のあたりをうろうろする。

「これは……言わなくて済むならできればいいたくない話だったんだけど……あの子がああいう子になっちゃったのは、実はあの子の家庭環境のせいだと思うのよ。あの子、別に、うちに引き取られることになったから、やたらと周囲に気を遣いだしたんじゃなくて、昔から、やたらと周囲に気ばっかり遣っている子供だったのよ。だから私、幸代が死んだ時、どうしてもあの子を他の親戚《しんせき》の人にまかせる気になれずに、無理矢理うちに引き取っちゃったの」

「というと？」

「あのね……変な話になるんだけれど、私、別に幸代とは親友だったって訳じゃないの」

「え？」

これには、晃一、驚いた。成美の母親、幸代が生きていた頃は、裕子、週に二回くらいは大抵平瀬家に遊びにいっていたし、だから、幸代と裕子は大の親友なのだってずっと思ってきたのだし、成美を引き取ることにしたのも、裕子が子供好きのせいも勿論あるだろうけれど、それ以上に、大親友の娘だからだろうと思っていたのだ。

「あ、勿論、友達だったわ。ただ、友達だったけど、幸代って人は、もの凄く潔癖で神経質な人で、私みたいにいい加減な処がある人間じゃ、なかなかつきあい辛《づら》い処も多かったのよ。じゃ、何だってあんなにしょっちゅう幸代の処へ行っていたのかっていうとね、最初のうちは、主に、愚痴の聞き役かな」

「……？」

「最初、偶然、デパートで買物をしている時に幸代に会っちゃったのが、きっかけだったの。久しぶりだったし、お茶なんか飲みながら学生時代の思い出話なんかして……で、その時、幸代、おそらく精神状態が一番荒れてた時だったのよ。いつの間にか、お姑《しゅうとめ》さんとの間がどうしてもうまくいかない、だとか、旦那《だんな》が浮気している形跡がある、だとか、いっそ離婚を考えている、なんて愚痴を聞かされる羽目になってたのよ」

「ああ」

「その時は幸代、おそらく精神状態が一番酷い時期で、誰かに愚痴を言わずにはいられなくって、私にそんな話をしちゃったんだろうけど……普通、人間って、そんな愚痴を、そう簡単に他人に言えるものじゃないじゃない。見栄《みえ》だってあるしさ。だから——一回、そういう愚痴を聞いちゃった私は、その時から、おそらく幸代にとっての精神的な安全弁になったんだと思うわ。最悪の愚痴は、最初に会った時の私に言っちゃったんだし、なら、私にだけは、どんなみっともない愚痴をこぼしたっていいやって感じで。そういうニュアンスって、判るでしょ？」

「ああ、何となく、判るような気がするな」

「それにまた、幸いなことに私、お勤めもしてなきゃ子供もいなくて、時間だけはたっぷりあったし。だから私、最初のうちは、離婚の相談のために幸代の家に行ってたのよ。ところがそのうち、幸代のお腹《なか》の中に成美ちゃんがいることが判って、離婚の話はなし崩しに立消えになって……あの頃の私は、とにかく幸代に同情していたし、暇だったたし、幸代が妊娠してるって判ってからは、自分に子供がいない分、こうして幸代の愚痴を聞くことで、少しでも幸代の精神的な負担が軽くなって、で、元気な子供が生まれるといいなって思っていて……」

……成程。そういう事情で裕子が幸代さんって人の出産、そしてその後もずっとつき合い続けていたとすれば、成美ちゃんが裕子にとって、ある種特別な思い入れのある子供になるのも無理はないことなのかも知れない。晃一、そう思うと、何となく軽く唇《くちびる》をかむ。

「けど、成美ちゃんが生まれてからは、事情が百八十度、違ってきちゃったのよ。子供が生まれても、あそこの夫婦って、結局うまくはいかなかったみたいだし、お姑さんも、幸代との仲が悪かったせいか、どうもあんまり成美ちゃんのことを可愛がってくれなかったし……何より、幸代の、あんまり潔癖で神経質な処が、私、気になって気になって……。あんな環境じゃ、きっと成美ちゃん、萎縮《いしゅく》しちゃってうまく育ってくれないんじゃないかって思うと心配で……。成美ちゃんが生まれてからは、私、幸代の愚痴を聞くかわりに、一転して幸代にがみがみ言い続けていたような気がする。子供はもっとおおらかに育てるべきだ、とか、成美ちゃんの前でお姑さんの悪口を言っちゃいけない、とか、頼むから成美ちゃんの前でだけは旦那と喧嘩《けんか》をしないでくれ、とか……」

「……そりゃ……そりゃ、裕子、おまえの気持ちも判らないでもないが……幸代さんって人は、れっきとした大人なんだろう？　おまえ、そりゃ、余計なおせっかいもいい処じゃ……」

「幸代にもよくそう言われたわ。しょっちゅう、大喧嘩もした。二度とうちに来ないでって幸代に言われたこともある。……けど、私、幸代とどんな喧嘩をしようとも、成美ちゃんのことが心配で目を離せなかったし、幸代も幸代で、結局私以外に友達って言える程親しい人が近くにいなかったから、何かあると私を頼らざるを得なかったみたいだし、どうしても愚痴を言わずにはいられない精神状態になることも多かったみたいだし……結局、私達、親友っていうより、一種の腐れ縁みたいなつき合い方を、ずっと、ずっと、してきたの」

大人になってから。二度と家に来ないで、なんていう規模の大喧嘩をして、それでもなおかつ、腐れ縁のようにつき合っていたのなら。それは、多分、自分では意識していなくとも、その幸代さんって人と裕子は、親友だったんだろうな。本人は今、成美ちゃんの方にばっかり目がいっていて、そのことを意識していないのかも知れないが、やはり、心の底では裕子はその幸代さんって人のことが好きで、だから成美ちゃんだって、特別可愛い子供なのかも知れない。

晃一、そんなことを思い、缶の中にもうビールが残っていないことに気づき、二本目のビールをとりに、冷蔵庫の方へゆく。

「成美ちゃん、可哀想《かわいそう》だった。勿論、幸代も、幸代の旦那も、成美ちゃんのことを可愛がってくれない、とか、成美ちゃんのことを嫌ってるって訳じゃ、なかったの。けれど、家の中で、二人の大人が――それも、自分の父親と母親が、喧嘩ばっかりしていたり、喧嘩はしないまでもとげとげしい雰囲気でいたら……どんな子だって、素直に、のびのび、明るく育つって訳にはいかないと思うわ。だから成美ちゃん、昔っから、哀しいくらい、周囲の大人に気を遣う子供だった。いっつもびくびくしていて。そんな成美ちゃんが、くますけにあそこまでいれこんじゃうのって、私には判るような気がするし、無理もないような気がするの。父親と母親に思いっきり甘えられなかった子供が、生まれた時から父親と母親に気を遣いっぱなしだった子供が、ぬいぐるみを親のかわりにしたって、誰も文句なんか言えないと思うのよ」

「……成程、ね。要するに、あのぬいぐるみは、成美ちゃんにとってのパパとママか」

「そう思うと、まるで大人みたいな口調で、優しく成美ちゃんのことをくますけが諭していたっていうのも、理解ができるでしょ？　くますけは、成美ちゃんにとって、こうあって欲しかった、無条件で頼ることができる、パパとママなのよ」

「……そうか。成程、そのことは、よく、判ったよ。俺も、じゃあ、成美ちゃんが異常にぬいぐるみに固執《こしつ》するのは、無理のないことだと理解しよう。でも、理解はできても、それって、異常だよ」

「……ええ。異常なのは、判って」

「ああ、ストップ。成美ちゃんのために、弁解してくれなくていい。それに、繰り返すけど、俺は、今では、成美ちゃんを引き取ることに賛成だ。異常だから、専門家にまかそうなんて、もう言わない。けど……いつまでも、ああ俺達に気を遣いっぱなしっていうのは、まずいよな。このまま二十すぎてもぬいぐるみが手放せなくなっても、まずいだろうし」

「ねえ、あなた、ほんとに判ってる？　くますけっていうのは、成美ちゃんにとって、とっても大切な人なのよ。だから、くますけを捨てろなんて、成美ちゃんには絶対言っちゃ、いけないし」

「また、ストップ。あのぬいぐるみが、今の処成美ちゃんの精神的な保護者なんだって判った以上、俺だってぬいぐるみを捨てさせるべきだなんて、思ってないさ。あの子から、ぬいぐるみを奪いとろうとも、思わない。ただ、異常な処は、治してやるべきなんじゃないか？」

「ええ……そりゃ……治せるものなら……でも……」

「簡単だよ。俺は——まあ、ちょっと、今の処あの子とうまくいってるとはいいにくいが、おまえはうまくいってるだろ？　おまえが、理想的な、あの子の欲しかった、いい母親になってやるんだな。おまえがいい母親になって、この家でのびのび何年かすごせば、あの子の異常に気を遣う癖も、きっと、そのうち、治るだろうし、何年かのうちには、俺も、おいおい、いい父親になれるだろう。そうしたらきっと、そのうちに、あの子はまっとうな普通の子になって、あのぬいぐるみも、いつの間にか、押し入れの中でほこりをかぶるようになるさ」

「……あなた……」

次の瞬間、裕子、缶ビールを持ったまま、晃一の胸に自分の体をおしつけていた。これって、昼間、成美ちゃんが自分にとびつくようにして抱きついてきたのと、状況としてはそっくりだな、なんて思いながら。

「ありがとう。ほんとに、本気で、成美ちゃんのことをうちの子にしようって思ってくれたのね？　成美ちゃんのことを受け入れてくれる気に、なったのね？　ありがとう。……ありがとう」

「おい、おい、缶ビールがこぼれるよ」

晃一、裕子の手から、あやうく自分のパジャマをぬらしそうになっているビールの缶をとりあげ、それをナイトテーブルに置き、それから、そっと、裕子の髪を優しくなぜる。

成美ちゃんがいることで、おまえがあんなに嬉しそうな顔をみせてくれるなら。俺、喜んで成美ちゃんをこの家の家族にむかえいれよう。今までだって、おまえが本気で欲しがるもので、俺がおまえにあげなかったものって、なかっただろ？

晃一、こんなことを思い、ふっと、今の考えって、まるで成美ちゃんのことを裕子のおもちゃとしてしかみなしていないようで、ちょっと不謹慎かなってちらって思い——それから、それもしょうがないって、思いなおす。成美ちゃんは、自分にとっては、特に大切な子供でも思い入れのある子供でもない訳で、不謹慎かも知れないけれど、成美ちゃんのこと、裕子のおもちゃとしか思えなくてもしょうがない、ま、それに、ここで何年も一緒に暮らしてゆくうちに、きっと、家族の情ってものも、わいてくるさ。それを、ゆっくり、待つしかない。

このまま三年も一緒に暮らせば、そのうち、きっと、家族の情って奴だって、自然発生してくれるだろう。

# 九

「よく来たね、成美、法廷へ」

あたしは、夢の世界にいた。いつも、いつも、なじめない、何だかとてもおそろしい世界に。

うん、これって、夢なんだと思う。夢だとしか、思えない。

その夢——なんだろうか、本当に？　本当にこれは、夢であってくれるの？——を見ながら、あたしは、ずっと、ずっと、自分で自分にこう言い聞かせていた。

これは、夢だ。これは、夢だ。これは、夢だ。

でも。

今、ここにいる、ここでのあたしの感覚は、どうしても、現実のものとしか思えなくなって……ねえ、これ、夢なんでしょうね？　ほんとに、ほんっとに、夢なのよね？

「法廷へ、ようこそ」

そこは、まっ暗な処《ところ》だった。まっ暗な部屋の中で、一箇所だけ、スポットライトがあたっているように明るい処があって――そこに、パパと、ママが、いた。そして、パパとママが、こんな台詞《せりふ》を言っているのだ。

「法廷って、あの……」

見ると、パパとママのうしろには、黒いカーテンがたれさがっていて、カーテンの向こうに何があるのか、ここからではどうしても判《わか》らない。また、パパの前には、大きくて頑《がん》丈《じょう》そうな机があって、その机が邪魔で、あたし、パパのそばへは近付けない。でも、それって逆に言うと、机が邪魔で、パパがこっちにこられないってことで……とっても、もの凄《すご》く、親不孝な娘のあたし、その机を見て、逆に何だか安心するのだ。パパがあたしに何をしようとしても、机が邪魔で、すぐにはあたしに手が届かないって。

「成美。この法廷で、おまえの罪が暴《あば》かれるんだ」

「あたしの罪って……」

「はっきりしているのは、生まれてきてしまったっていう罪、ね」

こう言ったのは、ママ。

「あたし……生まれてきちゃ、いけなかったの？」

「いけなかったのよ。少なくとも、パパとママにとっては」

そうなんだろうな。ずっと前、昔っから、パパとママの態度を見てさえいれば、それって、よく、判っていた。

「おまえが生まれたせいで、ママはパパと離婚できなかったわ。そのおかげで、ママは、ずっと、不幸な人生を歩むことになってしまった」

「パパだって同じだ。幸代と――いや、ママとさえ、離婚できれば、パパにはいろいろな可能性があったのに、おまえが生まれてしまったせいで、パパはママと離婚できなくなってしまった。これがおまえのせいじゃないっていうのなら、じゃ、一体、誰のせいなんだ」

……あたしのせい、なんだろうか？

「成美。おまえだって、判っているだろう？　パパとママは、決して、仲のいい夫婦じゃなかった」

……それは、判っては、いた。けど……それって、やっぱり、あたしのせいなんだろうか？

「あなた。それは、成美が、可哀想《かわいそう》よ。あたし達は確かに仲のいい夫婦じゃなかったけれど、でも、それって、成美のせいじゃ、ないわよ。悪いのは、お姑《かあ》さんよ」

「お袋の悪口をいうな」

「でも、お姑さん以外の誰が悪いっていうの？　成美が生まれたのは、あたし達の間がもうどうしようもなくなってしまってからよ。で、私達の間がどうしようもなくなっちゃったのは、お姑さんのせいじゃない」

「お袋の悪口を言うなってば！」

……ああ。これは、いつもの、言い合いだわ。思い出したように時々、台所の片隅《かたすみ》や、夜、あたしが寝たあとのリビングなんかで繰り広げられた、言い合い。

親不孝な娘のあたし、このいつもの言い合いが始まって、でも、ちょっと、ほっとする。何故《なぜ》なら、話がこういうものになってしまうと、ママもパパも、おばあちゃんのことだけで頭が一杯になっちゃって、あたしのことになんか気をまわせなくなってしまうんだもの。非難の矛先が、確実にあたしからずれてくれるんだもの。

でも。

「と、まあ、生前はいろいろ、パパとママ、この問題で言い合いをしたけれどね」

今日のパパも、今日のママも、おばあちゃんのことが話題になっても、不思議に興奮したりせず――一回、ずれかけた非難の矛先、すぐにまた、あたしの処へ返ってきたのだ。

「確かに、お袋にも悪い処はあったのかも知れないけれど……でも、悪いのは、真実、悪いのは、成美、おまえだ」

口論をやめて。パパ、まっすぐに、あたしのことを見つめて、こう言う。

「真実、悪いのは、成美、おまえだ。……ママだって、そう思うよな？」

「ええ。お姑さんがたとえどんなに酷《ひど》い人であっても、離婚っていう手があったのに……それができなかったのは、それをする訳にいかなかったのは、成美、あなたのせいよ」

「…………」

あたしが何も言えないでいると。パパとママ、勢いに乗ってどんどんいろいろなことを言いだしてしまう。

「夫婦は、まだ、他人なのよね。他人だから、いつでも好きな時に、『離婚』して、また、他人に戻ることができる」

「けど、親子は、親子だ。たとえ本人がどんなに嫌《いや》だって、親子は、いつまでたっても、親子なんだ」

「あなたが生まれちゃったせいで……ママ、パパと離婚することはできても、あなたと親子であることをやめることはできないじゃない」

「パパも同じだ。だから――おまえが生まれちゃったせいで、パパとママは、おまえを間にはさんで、もう二度と、他人に戻れなくなってしまった」

「あたしにとって、それがどんなに嫌なことであったにせよ、あなたは、あたしの子であるあなたは、平瀬家の血をひく人間なのよね。だから……ママは……あなたがいる限り、いつまでも平瀬家にしばられることになる」

「つまり。結局、おまえが生まれてしまったのが、悪の元凶であった訳だ。おまえが生まれなければ……おまえさえ、いなかったら……」

……くますけっ！

くますけっ！　くますけっ！　くますけっ！

パパとママに好きなことを言われて。気がつくとあたしは、自分で自分の肩をぎゅっときつく抱いて、声には出さずに、でも、心の中で、あらん限りの声をふりしぼって、絶叫していた。

くますけっ！　ねえ、くますけ、これは、夢、よね。ねえ、くますけ、これは、嘘《うそ》、よね？

確かにパパとママは仲がよくなかった、それはあたしのせいであったのかも知れない、パパは時々あたしのことがまったく好きではなかったみたいだし、ママはあたしが普通のちゃんとした子じゃないからって、しょっちゅう怒ってた。

でも。でも、パパも、ママも、いくら何でもこんな酷いこと、あたしに言ったりしなかった。ここまで酷いことを言うのは、これがあくまで夢だからであり、ほんとうの、真実の、パパとママは、こんな酷いこと、言わないよね？　それとも……それとも、もう死んじゃって、世間体を取り繕わなくていいから、だから、パパとママ、夢の中でほんとのことを言ってるのかしら。これが、ほんとの、パパとママの意見なんだろうか？

くますけっ！　ねえ、くますけ、何とか言って。違うよね？　これがパパとママのほんとの意見なんかじゃないよね？　これは、あくまで、悪い夢よね？

くますけっ！　何とか言ってよ、くますけっ！　それに、どこにいるの、くますけっ！

くますけっ！　くますけっ！

「口で言って判らないなら、証拠をだして見せなきゃいけないかな。成美、おまえが真実、悪の元凶だっていう証拠を」

パパ。こう言うと、何だかとっても残忍な顔になって、にっと、笑う。そして、うしろの、黒いカーテンをばっとはぐる。

と——中には——カーテンの、向こう側には——。

「くますけっ！」

あたし。今度は、声に出して、こう絶叫していた。だって、くますけっ！　くますけっ！

カーテンの向こう側、かすかにあかりが届く処には、小さな、頑丈そうなおりがあった。そしてその中には……両手両足を、きらきらかがやくものでがんじがらめにされた、くますけがいて……。

「くますけっ！　くますけっ！　大丈夫なの、くますけっ！」

「証拠物件その一、くますけ、だ」

パパ、こう言うと、もっともっと残忍な顔になり、カーテンのうしろからおりを取りだし、あかりがもろにあたっている、目の前の大きな机の上に置く。

「くますけっ！　大丈夫なの、くますけ、くますけ、返事してっ！」

パパの背後で、黒いカーテンがばさっとおりる。そのカーテンの色は何か不吉で……あのカーテンの向こうには、きっと、もっともっと、うんと沢山、あたしの見たくないものが隠されているに違いない……。

「親不孝な子だな、成美は。パパやママが死んだ時より、くますけがつかまっている方が、ずっとおおごとみたいに騒ぐんだな」

だってそんなの、あたり前じゃない！　だってそんなの、あたり前よ。だってあたしには、くますけしか、いないんだもの。あたしのことをほんとに大事にしてくれるのって、この世でたった一人、くますけだけなんだもの！

「返事して！　くますけっ！　返事して！」

でも。いくらあたしが必死に呼びかけても、おりの中のくますけ、まるで生きていないぬいぐるみであるかのように、ぴくりとも動かないし、返事だってしてくれない。

「ああ……鎖、が」

くますけの、両手両足を拘束している、きらきらかがやくもの。あれ、ママの、金のチェーンだ。ネックレスになっている、金の鎖。あんなもの……あんなもの……あたしなら、ぶっちぎることができるのに……ぬいぐるみで、腕力的にはとっても非力なくますけじゃ、あれ、切ることができないに違いない。それにくますけは、パパやママのいる処じゃ、あたかも『自分は生きていない、単なるぬいぐるみですよ』ってポーズをとって、動けないふりをしていることが多いから……動けないふりをしているくますけじゃ、あの鎖、切ることなんてできっこない。

「成美。おまえのその反応だけで、おまえの罪はあきらかだな」

パパが言う。でもあたし、そんなこと、満足に聞いていない。

「放して！　ねえ、くますけを放してあげて！　あたしの罪とくますけって、何の関係もないでしょう？　なら、ねえ、放してよ、くますけを放してあげてよ！」

「それが、罪、その一、だ。実の親より、ぬいぐるみにすぎないくますけの方を大切にしている……これが罪でなくて、一体何なんだ？」

だって、そんなの！

実の親より、ぬいぐるみにすぎないくますけの方が、あたしのことを大事にしてくれるんだもの、あたしがくますけを大事にしたっていいじゃない。

うん、言っちゃう。

パパとママが生きている頃《ころ》は、さすがに何となく悪くていえなかった台詞だけど、うん、言っちゃう。

あたしは、パパとママより、くますけの方が好きよ。

くますけの方が大事よ。

パパとママが死んで、くますけが元気でいることと、くますけが死んで、パパとママが元気でいることじゃ、圧倒的に前者の方を選んでしまうくらい、くますけの方が、パパとママより好きだし、くますけの方が、パパとママより大事よ。

その、くますけを。

その、くますけを、パパとママは、何回も、何回も、捨てようとしたんだもの。

あたしが、パパに何を言われようとも、ママにどれだけ怒られようとも、幼稚園や小学校にくますけを連れていってしまうの、当然じゃない。だって……あたしが、うっかり目を離したら、パパとママ、その隙《すき》にくますけを捨ててしまうかも知れないじゃない。

「あのね、成美。くますけの罪は、それだけじゃないのよ」

と。ママが、何やらにこやかな笑いを浮かべ、カーテンをはぐる。

「成美、いくらあなたがくますけ贔屓《びいき》でも、でも、この事実を見たあとでも、それでもくますけのことを贔屓にしていられるかしら」

「え？」

カーテンの奥には、いつの間にかくますけがはいっているおりよりはるかに大きいものが出現しており――あ。

そこにあったのは、プラスチックか何かの中に封じこめられている、葉子ちゃんの姿だった。

「これが、葉子ちゃん。成美、あなたのクラスメートで、この間、交通事故にあった子、ね？」

ママ。

急に怪力を持つようになったのか、葉子ちゃんがはいったままのプラスチックの塊を、軽々とくますけのおりがのっている机の上にのせてしまう。

「この事故はね、くますけのせいなの」

「え？」

「死んでしまうと、人の運命って、結構判るものなのよ。で、その、運命から言うと、葉子ちゃんって、決して事故にあう子じゃ、なかったの。なのに、その葉子ちゃんが、事故にあってしまった。これって、くますけの、せいなのよ」

「え？　……ええ？」

「くますけが、葉子ちゃんに、呪《のろ》いをかけたの。こんな子なんか、事故にでもあってしまえって。だから、葉子ちゃんは、本来の運命から言うとあう筈《はず》のない事故にあってしまった」

「…………」

それに似たことは、あたし、考えたことがあって……。

「けど、『人を呪わば穴二つ』ってことわざ、成美も聞いたことがあるでしょ？　だから……くますけが、余計な呪いをしたせいで、パパとママ、本来ならあわない筈の事故にあって、そして、死んでしまったのよ」

「…………」

「つまりはね、パパとママが死んだのは、くますけのせいなの。はっきりと、くますけのせいなの」

…………。

「けど、でも！」

けど、でも！　そんなの、おかしい！　そんなの、おかしいってば！

「葉子ちゃんは、くますけにあんな酷いことをしたのに、なのに葉子ちゃんは、ちょっと怪我《けが》するだけで済んだのよ？　くますけのされたことと葉子ちゃんのあった事故とじゃ、絶対、絶対、くますけの方が酷いことされてる！　なのに……なのに……くますけにあんな酷いことをした葉子ちゃんは、たったあれっぽっちの怪我で済んで……パパとママは死んじゃうだなんて……おかしいよ！　そんなの、おかしい！　全然つりあいがとれてないっ！」

「そこがそれ、呪いってものの非能率的な処なのよ。……これでも一応、親子だったんだから教えといてあげるけれど、人を呪うだなんて、しない方がいいわよ、成美。呪いっていうのはね、呪われた人にも不幸をもたらすけれど、呪った方には、もっとずっと不幸をもたらしてしまうものなの」

ママ、ちょっと真面目《まじめ》そうな顔になると、こんなことを言い、うんうんって自分で自分の台詞にうなずく。

「えっ、でも……でも……」

「とにかく、ね」

それからママ、こういうと、これ以上文句は言わせないって風情《ふぜい》できっとあたしのことを睨《にら》む。

「ママとパパが死んだのは、くますけの呪いのせいなのよ。死んだ本人が言っているんだから、これ以上確かなことはないでしょう」

「……でも……」

「死んだ本人が言っているのよ、成美。死んだ本人が言っていることに、納得できないっていうの」

ママの声。少しずつ、少しずつ、高くなる。これってママが、ヒステリー状態になる前触れみたいなもので、ママがこんな状態になったら、パパだってそんなママには文句が言えなくて……。

「……はい。そうかも、知れない」

パパが文句を言えないような状態のママに、あたしが口ごたえなんてできる訳がなく、とっても不本意ではあったものの、あたし、しょうがなしにこういう台詞を口にせざるを得ない。

「判ったならいいのよ、成美。……で、どう？　これで判ったでしょ、くますけの正体」

「え？　くますけの正体……って？」

「くますけはね、邪悪なぬいぐるみなのよ。パパとママを殺すような、とんでもない、悪のぬいぐるみなの。……どう、今なら判るでしょ、成美、自分の罪が。そんな悪のぬいぐるみを大切にして、ママとパパをないがしろにしてきた、自分の罪が」

……悪のぬいぐるみ。くますけが。そんなの——そんなの、嘘、だ。

「何、成美。まだ不服なの？　いーい、くますけはね、ママとパパを殺したのよ？　おまえ、ママとパパを殺したぬいぐるみが、まさか、まだ、好きだって訳じゃ、ないでしょう？」

「…………」

「……成美。成美？」

ママの声。また、少しずつ、高くなる。でも——でも——この時だけは。今の場合だけは、あたし、ママの台詞に迎合してあげる訳にいかない。ママのヒステリーがどんなに怖くても、でも、世の中には迎合できないことだってあるんだ。

「成美！　なるみっ！」

ママの声。完全に、ヒステリー状態のものになる。でも——でも、それでもあたし、負けられない。

「くますけは……」

気がつくと、ヒステリー状態のママに対抗するためなのか、あたしも、いつの間にか、泣いていた。目から涙のしずくが次々とあふれて、声も段々かんだかくなり。

「くますけは、悪の、ぬいぐるみなんかじゃ、ないわっ！　あたし、あたし、くますけが好きよっ！　たとえ――たとえ」

たとえ、パパとママが死んだのが、ほんとにくますけのせいだとしたって、それでもあたし、くますけが好きよ！　パパとママ、二人まとめてより、あたし、くますけの方が、好きなんだからねっ！

あたし、心の中では、そう叫んでいた。でも、何故か、この台詞って口にするにはあまりに抵抗がありすぎて――あたし、『たとえ――たとえ――たとえ――』って言葉を繰り返すことしかできない。

「罪状は明白だな」

と。ヒステリーの発作を起こしかけていたママをどかして、パパがすっと前にでてくる。でもそのパパの前には大きな机があって――パパはあたしに直接ふれることができない。だから、あたし、情けないけどあたし、何だかとってもほっとする。

「結局、成美、おまえはパパよりママより、くますけの方が好きなんだろう。くますけがパパとママを殺したって知ったあとでも、それでもまだ、くますけの方を大事にしてしまうくらい、くますけの方が好きなんだろう。……これが罪でなくて、一体全体何なんだ」

パパの声は、冷静だ。ママみたいにヒステリーを起こさない。だから、余計、あたしにはパパの方が怖くて……。

「成美。子供っていうのは、親のことを慕うものだ。親よりぬいぐるみの方が大事だなんて、これはおまえ、子供が犯せる、ほぼ最大の罪、だぞ」

………。

パパ、こういうと、あたしのことを責めるように、あたしのことを糾弾するように、右手の人差し指をすっと前にだす。

「これで決まったな。成美、おまえは悪い子なんだ。とっても、とっても、悪い子なんだ。親に愛されなくてもしょうがないくらい、実に、形容しがたい程、悪い子なんだ」

……パパはどうなのよ！　ママはどうなのよおっ！

こう言われて。その瞬間、心の中で、あたし、こう、叫んでいた。

パパはどうなのよ！　ママはどうなのよ！

子供のことを愛してくれない親ならば、子供に対する愛し方を間違った親ならば、子供が愛さなくたってしょうがないじゃない。くますけの方が、くますけの方が、ずっとあたしのことを愛してくれてたんだから、だから、あたしが、ママとパパのことをあんまり好きじゃなくったって、それってしょうがないじゃない。

「いつまでも、くますけのせいに、しているんじゃないよ」

と。

あたしが、言葉にならない叫びを心の中であげ続けていると、パパ、ふいにくすっと笑ってこう言った。

「え？」

「認めてしまえ。くますけじゃ、ないんだ」

「え？」

今さっき。くますけのことを告発したのは、パパとママ。そのパパが、『くますけじゃない』って……。

「パパとママを殺したのは、現象から言えば、くますけだ。くますけの呪いが、パパとママを殺してしまった。だけど――その、奥底にあるものを、いい加減、認めてしまいなさい」

「……え？」

「成美。おまえだよ」

「？」

「おまえが、パパとママを、殺したんだ。おまえが、パパとママのことを、死ねばいいってずっと思っていたから、だからくますけは、パパとママに呪いがかかるのも気にせずに、葉子ちゃんって子を、呪ったんだ」

「え……あの」

「いつまでも、責任を、くますけになすりつけるんじゃない。究極的に、悪いのは、成美、おまえだよ」

「…………」

……そうなんだろうか？　あたしがそんなことを思っていたから、だからくますけ、呪いなんてことをして……。

「成美。おまえは、本当に酷い子だよ。実の親を殺したんだから」

「え……え……嘘……」

「嘘だと思いたければ、いつまでも思っていればいい。けれど、事実は、事実だ。成美、パパとママを殺した真犯人は、おまえなんだよ」

「怨《うら》むわよ、成美。たたってやるわよ。成美」

ヒステリーの発作を起こしていた筈のママ。いつの間にか正気に戻って、暗い声でこんなことを言う。

「あなたは、パパとママを殺した。……いいえ、たとえあなたが呪わなくても、あなたの意を受けたくますけのせいで、パパとママは死んだのよ」

「気をつけるんだね」

パパ。何故か、上機嫌《じょうきげん》そうにくすくす笑い、笑いながらこんなことを言う。

「裕子さんって言ったっけ、ママのお友達。今の成美の保護者」

「え?」

「裕子さんなんかが、次に危ないな」

「え? あの?」

「成美、おまえは酷い子なんだよ。とんでもない子なんだ。悪魔に魅入られたような子なんだ。何せ、実の親を、ぬいぐるみに頼んで殺しちまうような子供なんだからな。そんな子供が裕子さんって人の世話になって……裕子さんって人が、万一、成美にとって気に喰《く》わないことをしてみろ。次に死ぬのは、その裕子さんって人だ」

「嘘っ! 違うっ! そんなこと、ある訳、ない! だって、裕子さんは、裕子さんは、あたし、大好きで……」

「心ならずも、パパとママが大好きじゃなかったことが、その台詞で知れるな」

「え、あ、あ、でも……」

「おまえが裕子さんって人のことを、どれ程好きなのかは知らないよ。だが、親っていうのは、子供にとって、特別の人である筈だ。その特別の人を、いとも簡単に、おまえは殺してくれた訳だ。だとすると、たとえどんなに好きな人であっても、おまえが裕子さんを殺さないで済む確率って、かなり低いものじゃないのか？」

　そんなこと！　そんなこと、ある訳、ない！

「それに、成美、あなたにはくますけがついていてくれるんですものね。あなたの、両親を殺した、くますけが。たとえあなたが、裕子さんに何か不満な点があって、でも、それを我慢したとしても、くますけは、きっと、我慢してくれない。くますけは、きっと、殺しちゃうでしょう。ママやパパを殺したように、裕子さんのこともね」

　ママ。こう言うと、くすくすと、笑う。

「きっと、くますけが、殺してしまうわ、裕子さんのこと」

　くすくすくす。いつまでも、耳に残る、ママの笑い声。

「きっと、くますけが、きっと、あなたが、殺してしまうわ、裕子さんのこと。何故ってあなたは、親殺しなんですもの」

　きっと、くますけが、きっと、あたしが、殺してしまう、裕子さんのこと。何故って、あたしは、親殺しだから。何故って、くますけは悪のぬいぐるみだから。

　きっと、くますけが、ころしてしまうわ、ゆうこさんのこと……。

　リフレインが、いつまでも、あたしの頭の中に、響いた――。

☆

「！」

声にならない。声になんかなってくれない叫びをあげて、そして、あたし、目がさめた。

目がさめると、体中がぬるぬるしていて……気持ちが悪いくらい、あたし、汗をかいていた。汗が気持ち悪くて、胸も気持ち悪くて、全体的に、死にそうにとっても気持ち悪くて……でも、心の中だけが、ほんのちょっと、安心していた。

ああ。

今のは、夢だったんだ。

だって、あたし、今、起きたんだもん。今、目がさめたんだもん。だから、目がさめる前にあたしがいたのは、夢の中。

ああ。今のはやっぱり、夢だったんだ。

今の——法廷のシーン。

パパの言ったこと。

ママの言ったこと。

これ、みいんな、夢だったんだ。

と。

『大丈夫？』

目がさめたあたしに、くますけがすり寄ってきてくれ、くますけ、自分から自分の鼻面《はなづら》をあたしの鼻におしつけてくれる。こうすると――こうされると、あたし、一番、安心するんだ。

「くますけ……」

ほんの、五秒か六秒。あたし、何も言わずにくますけのことを抱きしめて、そしてそれから、おずおずと、こう聞いてみる。

「夢だったんだよね、今の」

『さて、そう聞かれても、なっちゃんが今、どんな処にいたのかは判らないから、ちょっと何ともいいがたいんだけど』

「え？　くますけ、それ……」

『そんな本気にならないでって。冗談だよ、なっちゃん、冗談』

「くますけっ！　冗談でも、言っていい冗談と、言っちゃいけない冗談ってあるわよ！」

『なっちゃんは、今、眠ってた。それは、確かなんだよね。だから、多分、なっちゃんの言っている〝今の〟って、なっちゃんの夢だろうとは思うんだけど――それ以上のことは、僕にだって、判らない。ただ、とにかく、なっちゃんは眠っていたよ、今は』

……そうだった。くますけは、いつだって、いつだって、ほんとのことしか言わなくて

——あたしが『今のは夢だったよね？』なんて聞いても、その質問がどんなに真剣なものであっても、一緒にその夢をみた訳じゃないくますけ、答えようがないんだった。
『眠っている人は普通、夢の中以外の処には行けないから、多分夢だろうと推測はできるけど』

くますけ、こう言うと、ちょっとその鼻面をあげ、軽く、くんって、あたしの胸のあたりのにおいをかぐ。

『けど、その、〝今の〟って——あんまり、いい夢じゃ、なかったみたいだね。……ああ、ううん、そんなことは最初っから、なっちゃんの様子を見ていれば判ってたことだけど……だから、僕、まず、大丈夫って聞いたんだけど……どうやら、思っていた以上に、なっちゃんのみた夢って、悪いものだったみたいだ』

「そ……そんなことまで、判る、の？」

『判るよ。なっちゃんのことなら、何でも。……この汗のにおいは、とってもよくない恐怖にさらされた時のなっちゃんのにおいだ。だから……なっちゃん、ただ、怖い夢じゃない、とってもよくない怖い夢を見たってことが、判る』

くますけっ！　だとしたら。

くますけっ！　そこまで判るんなら。

くますけっ！　なら、あなたは、判る？　あなたなら、判る、わよ、ね？　あたし、パパとママを殺してないよね？　あたし、あたし……。

聞きたかった。くますけに。こういうこと。聞いて、安心したかった。あたしは親殺しじゃないって、くますけに保証してもらいたかった。

でも——聞けなかった。

怖くって。とっても、とっても、怖くって。

くますけは、いつだって、本当のことしか言わない。

たとえあたしのためを思ったって、くますけ、あたしに嘘なんかつけないんだもの。だから……だから……そんなこと聞いて、万一、一億に一、一兆に一、あたしがほんとに親殺しで、くますけが悪のぬいぐるみだった場合——くますけ本人に、『パパとママを殺したのはなっちゃんだよ、何言ってるの』なんて言われてしまったら……。

怖くて、あたし、どうしても聞けない。どうしてもあたし、そんなこと聞けないけど。

そうは言っても、あたしには、確認しなきゃいけないことが、どんなにどんなに怖くても、それでもやっぱり確認しなきゃいけないことが、たった一つ、あったのだ。

くますけ。

ねえ、くますけ。

くますけは——くますけは——裕子さんを、殺したり、事故にあわせたり、怪我させたり、とにかく悪いことなんて、絶対、絶対、しないよね？　しないよね？

　これだけはあたし、聞かなくっちゃ、いけない。これを聞かずにこのまま裕子さんのお世話になってゆく訳にはいかない。

　でも、あたし、それでもどうしてもくますけに、直接そのことを聞けなかった。親殺しだって言われるのも怖いけど、でも、それは、一応もう済んだこと。裕子さんのことは、起こるとしたら未来のことだから……だから……だから……。

「ねえ。ところでくますけは……くますけは……葉子ちゃんを、呪っては、いないよ、ね？」

　直接は、聞けない。パパのこともママのことも、裕子さんのことも。だから、一番あたりさわりのないことを聞いてしまう。

『え……あの……』

「くますけは、そりゃ、葉子ちゃんに酷い目にあわされたよね。けど……でも……それでも、葉子ちゃんのこと、呪ったりは、しなかったでしょ？」

『……呪ったりは、して、ない』

　くますけのこの答を聞いて、あたし、ほとんど、万歳三唱をしそうになる。でも——でも、けど、その万歳三唱、あっという間にあたしの心の中だけに消えて。というのは。

『呪った記憶はないけれど……けど、葉子ちゃんについて、死んじまえって思ったことは……あるよ』

「……え……」

『僕がね、泥水《どろみず》の中に落とされたり何だりは、どうでもいいんだ。けど、葉子ちゃんは、なっちゃんを、泣かせた。なっちゃんが、僕のことを大事にしているからって理由で、なっちゃんのことを、泣かせた。……僕は……僕は……なっちゃんを、泣かす人のことを、許す訳にはいかない。許せない。……だから……許さなかった』

「え？　ていうと、あの？」

『葉子ちゃんって子は、なっちゃんを苛《いじ》めた件について、おとしまえをつけるべきだ。いや、ううん、おとしまえをつけなくちゃ、いけない。僕は、少なくとも、そう思ったね。だから、そういう風に、なった訳だ』

「…………」

『葉子ちゃんの事故については、僕、こう思っただけ。はっはっは、ざまあみろ、だ。なっちゃんを苛めるような奴《やつ》は、運命に苛められたってしょうがないさ』

……くますけの台詞。

あきらかにこの台詞によれば、葉子ちゃんが事故にあったのって、くますけの意図があったからだってことになって……呪いこそ、くますけはしていないものの、でも、葉子ちゃんの事故って、やっぱりくますけのせいだってことになりそうで――。

……体中から、力が抜けた。

やっぱり、葉子ちゃんを事故にあわせたのは、くますけだったんだ。ということは、パパとママが死んだってことだって、間接的に、くますけのせいなんだろう。ううん、あるいは、もっと直接、くますけのせいなのかも知れないし——ということは、ひょっとして
ひょっとすると、やっぱりあたしは親殺しなのかも知れない。

『ん？　なっちゃん、どうしたの？』

あたしの体中から力が抜けると、くますけ、不審そうにあたしに鼻面をおしあててくる。

そしてあたし——今、くますけが悪のぬいぐるみだって判っても、パパやママを殺したのがくますけだって判っても、それでもやっぱり、くますけを嫌《きら》うだなんて間違ってもできなくて……。

ぎゅっ。

思いっきり、くますけのことを、抱きしめる。

もうあたしには、この世にくますけしか、残っていないんだ。あたしはこれから、くますけと一緒に、くますけと二人だけで、この世の中を生き抜いてゆくしかないんだ。

「くますけ……好き、だよ。大好きだよ。誰よりおまえが一番好きだからね」

『うん、なっちゃん、判ってる』

……この家は、出なくちゃいけない。前々から判ってはいた筈のことだけど、改めて、

そう思う。裕子さんのことが、ほんとにちょっとでも好きならば、裕子さんを殺したくないのなら、あたし、この家を、出なくちゃいけない。それが、もう何宿何飯になるのかよく判らないけど、とにかく、裕子さんに世話になったあたしのとるべき道だと思う。

「くますけ……好き、だよ。ほんとにほんっとに、好き、だよ。だから、一緒にいこうね。一緒にこの先、生きてゆこうね」

二人っきりで、くますけと一緒に。くますけとだけ、あたし、この先の人生を歩んでゆかなきゃ、いけないいんだ――。

十

あの夢をみた日から、何日か。

とりあえず、はた目には、平穏な日々が続いていた。

あたし——あたし、とにかく、この家を、出るつもりでいた。でも、出るにあたって、裕子さんのことを哀《かな》しませたくはなかったし（この辺、ちょっと、自分でも偽善的だなって気もするけど）、家を出るに際して、あんまりやっかいなもめ事を起こすつもりもなかった。

ただ。

毎日毎日、せいてゆくのは、気持ち。

一日も早く、あたし、この家を出なきゃいけないんだ。裕子さんのことが好きならば、できるだけ早く、裕子さんがあたしのことを苦しめたり傷つけたりしないうちに。くますけが、裕子さんなんか事故にあっても、はっはっは、ざまあみろ、なんて思わないうちに。

でも。二日間、いろいろとやってみて、あたし、まっとうな手段では、とてもこの家を出られないんじゃないかって気分になってくる。

だって、まず。

あと五つ、年が上なら、せめて中学校を卒業する年になっていれば、あたし、何とか無理矢理、自活することもできたかも知れない。けど……あたしの年じゃ、それ、どうがんばっても絶対無理で、家出して、素性を隠して仕事を探そうとしたって、この年じゃ、やとってくれる処《ところ》がある筈《はず》ない。無人島とか、人が絶対にはいってこない樹海だとか、『十五少年漂流記』みたいな生活ができそうな処が近所にあれば、そこを目指してもよかったんだけど、ここの近所には、そもそも空き地すら、ほとんどないのよ。

と、ついで考えられるのは、全寮制の小学校とか、寄宿舎のある小学校とか、あるんだかどうだか、よく判《わか》らない処へ通うことにするって手だ。けどこれ……まず、そういう小学校があるのかどうだか判らない点で挫折《ざせつ》して……あるんだかないんだか判らない小学校へ転校するよう、裕子さんを説得するだなんて、いくら何でもできそうにない。

で、最後に残ったのが、他の親戚《しんせき》に引き取ってもらう手段。千葉のおばさんに引き取ってもらえれば、そりゃ、あっちだって嬉《うれ》しくないだろうし、間違ってもあたしのことを歓迎してくれっこないけど、その分、千葉のおばさんが事故にあっても、あたし、心苦しくないもんね。

けど、これも、かなり、問題のあるやり方で――まず、千葉のおばさんには、あたしを引き取ってくれようって気が、少しも、これっぽっちも、ないのよね。おまけに裕子さん、あたしが千葉のおばさんの処に行きたいって意味のことを、ほんのちょっとでもほのめかすと、もうそれだけで身も世もないくらい哀しんじゃうし……裕子さんを哀しませるのは、絶対、絶対、本意じゃないのだ。

でも。でも、でも、あたし、どんなにここが居心地がよくても、どんなにここがいい処でも、裕子さんの家に居続ける訳には、いかないのよ。それは、絶対、いかないのよ。裕子さんのことが、ほんのちょっとでも好きである以上、あたし、絶対、この家を出ていかなきゃいけないの。それは判ってるの。判ってるから、困るの。困って……困って……でも。

でも、どうすれば、いいんだろう……?

タイム・リミットは、もうすぐそこだ。

あたしが、裕子さんの家から新しい小学校に通うようになれば、千葉のおばさんの家に引き取られるだなんて、著しくやりにくくなるだろうし……だとすると、タイム・リミットは、もうすぐ、そこ。

でも。

どうすればいいんだろう。

あたし、その答を、みつけられずにいた。

☆

「ただいまー。成美ちゃんは、まだ起きてるかい？」

　どうすればいいんだろう、どうすればいいんだろう、どうすればいいんだろう。あたしがそんなことを考えて、ずっとずっと悩んでいたある日、久しぶりに銀座にでかけた晃一おじさん、ちょっとお酒なんか呑《の》んで、いい機嫌《きげん》で家に帰ってきた。帰ってくると、玄関先で、まず、あたしのことを呼んで。

「おかえりなさい、おじさん」

「ほら、成美ちゃん、おみやげだ」

「え？」

　おじさん、ちょこっと酔っぱらっているみたいで、慌《あわ》ててだしたあたしの手の中に、あぶなっかしく、十センチ四方くらいの箱を落とす。

　うん、そう、それから。晃一おじさんのことも、実は、あたし、困っているのだ。最初のうちは、あたし、晃一おじさんのことなんてまったく好きじゃなくて、おじさんだってあたしのこと、これっぽっちも好きじゃなくて、だから、『おじさん』だなんてとても呼べないって思っていたのに——おじさんが、無理矢理あたしと仲良くしようとしだした時も、どうにもあたし、おじさんとは気があわず、こんなことでこの先どうなるだろうって思っていたのに――なのに。ここしばらく、あたし、晃一おじさんのことが好きだ。晃一おじさんは、あたしのすることに、時々は苦笑いをしたり顔をしかめたりもするけれど、全体的に、世間体じゃなく、あたしのことを可愛《かわい》がってくれる。で、こうなると――おじさんのためにも、おじさんが事故にあわないためにも、あたし、一刻も早くこの家を出なくちゃいけないと思う。

「貯金箱なんだってさ。……成美ちゃん、小銭、持ってる？　ああ、百円くらいなら、おじさんがあげようね」

おじさん、こう言うと、あたしに百円玉を一つ、くれる。

「赤坂の奴《やつ》に――ああ、いや、赤坂さんっていう、おじさんの知り合いに、これ、もらったんだけどね、成美ちゃん、この貯金箱に、百円、いれてごらん」

貯金箱。その、十センチ四方くらいの箱って、何か、妙な、箱だった。一つの面がガラスになっていて、貯金箱の内部、全部すけて見えているのね。で、その箱の中央には、紫色の、都忘《みやこわす》れみたいな花が一輪、宙に浮いてて……。

「あの……でも……ここにお金いれたら、お花がいたんじゃう」

「ま、だまされたと思って、そういうことは一切気にせずに、とにかくお金、いれてごらん」

箱の上の部分には、五百円玉でも楽々通るだろうっていうサイズの穴があいていて、で、仕方ないからあたし、その穴から、百円玉を入れてみる。こんなもの入れちゃったら、中央の都忘れみたいな花、きっと散ってしまうだろうなって思いながら。

でも。

不思議なことに、お金を入れたあとも、真ん中にある、都忘れの花、散ったりいたんだりしなかった。ううん、散らなかっただけじゃなくて……。

「え……？　……あれ？　……あれ？　……あれれ？」

「その貯金箱、ゆさぶってもいいよ」

おじさんがこう言うんで、あたし、貯金箱をゆさぶってみる。と、確かに、ことことっていう、貯金箱の中に小銭がはいった音がしているのに、なのに、都忘れの花、まったく平気で――ううん、それより前に、ガラスになっている面から見る限り、この貯金箱の中には、お金なんてまるではいっていないのだ。ガラスから見る限りじゃ、この貯金箱、今でもまったくからなのだ。

「どう？　お金が消えちゃう貯金箱」

「え……え……え……嘘《うそ》。あれ？　あれれ？　おじさん、途中でお金、ごまかした？」

「いれたのは成美ちゃんだよ。それにほら、こうしてゆするとことことって音がする。音がする以上、やっぱりお金ははいっているんだね」

「……うん」

「不思議だよね、お金が消えちゃう貯金箱」

「不思議！　不思議！　不思議！　そんなこと、そんなもん、ある筈がない！」

「ところがそれが、ここにありました」

「嘘っ！　ね、おじさん、嘘よ、そんなの。そんなの、絶対、どっかでごまかしがある筈で……」

「あるんだろうなー、ごまかしが。言い替えれば、トリックって奴が、ね。でも、成美ちゃんには、それが判らない」

「あーうー」

「判らない以上、この貯金箱は魔法の貯金箱だ」

「あーうーうー」

「で、成美ちゃん、降参？」

「あ、ちょっと待って、待ってちょっと」

あたし、一所懸命、必死になって、いろいろと、この貯金箱のごまかしを考えてみる。

たとえば、この箱のうしろの方に、ちっちゃな小部屋みたいなものがあって、あたしがいれたお金、実はそっちの小部屋の方にはいってる。ううん、その考えは駄目《だめ》だわ、何せお金をいれる穴、都忘れの花のま上、貯金箱のほぼ中央にあいている。あ、ううん、それをいうなら、お花が何のささえもなく宙に浮いているってこと自体が、そもそも怪しい。

「……おじさん、判るの、このごまかし」

「……成美ちゃんが、降参したら、教えてあげよう」

「えーと、えーと、でも駄目、まだ駄目」

それから。えんえん二十分くらい、あたし、その貯金箱を、のぞきこんだりさかさにしたり、いろいろ、いろいろ、やってみたのだ。でも結局、どうしてもこのごまかしが判らない。

「おじさん、降参」

降参するのはくやしかったけど、これ以上、いくら考えても、判らないものは判りそうにない。そんでもっておまけに、こんなにいろいろ考えてしまった以上、今度はそのごまかしがはっきりと判らないと、何だかいつまでもそれが気になってしまいそう。

「降参？　でも、降参して後悔しない？」

「え……後悔って、何で」

「今はこれ、魔法の貯金箱だけど、トリックが判ったら単なるおもちゃになっちゃうかも知れない。あんまりあっけないトリックで、がっかりしちゃうかも知れない」

「がっかりすることになってもいい、知りたい！」

「そうか。じゃ、白状するけど、実はおじさんも、このトリック、知ってるって訳じゃないんだ」

「え？　だっておじさん……」

「ただおじさんはね、このトリックをはっきりさせる手段を知ってる。成美ちゃん、この貯金箱、解剖しちゃっていいかな？」

「解剖って、何するの……」

「こうするの」

　おじさん、こう言いながら、貯金箱をべりべり解体していってしまう。

「……ああ、成程《なるほど》。鏡だ。成美ちゃん、説明するからちょっとここを見て。いいかい、この貯金箱には……」

　おじさん、それから、実物を一々示しながら、あたしにも判るように、鏡を使ったこの貯金箱のトリックを説明してくれる。あたし、それを聞きながら——おじさんの説明はとっても判りやすかったし、成程そういうことだったのかって納得もできたし、そもそもごまかしを知りたいって最初に言ったのはあたしだったたっていうのに、でも、少し、哀しかった。ほんのちょっと、残念だった。これでこの貯金箱、ごまかしが判ったあと、おもちゃにならないでごみになっちゃうんだ。

「……と、まあ、こういう仕組みだったたって訳だ。……おや？　成美ちゃん、おじさんがこの貯金箱をこわしちゃったのが御不満かな？　トリックが判ったあとも、この貯金箱、欲しかったのかな？」

「あ、ううん、ううん、そんなことない。ごまかしがある、それを知りたいって、最初に言ったのはあたしなんだし」

「だから成美ちゃん、そういう子供らしくない気の遣い方はやめなさいよ。……はい」

おじさん、こう言うと、コートのポケットから、今壊してしまった貯金箱と同じくらいのサイズの、デパートの包装紙につつまれたものをとりだし、あらためてあたしにくれる。

「おんなじ貯金箱だ。ただ、こっちのお花は菜の花だよ。成美ちゃん、菜の花の方が好きだろう？」

「え、おじさん、だって……」

「今おじさんが解剖した奴はね、赤坂さんっていうおじさんの知り合いが解剖済みの奴なんだってさ。それを、糊《のり》で修理した奴。だから、あんなに簡単に手でべりべり壊せたんだよ。……貯金箱はね、大事なお金をしまう箱なんだから、あんなに簡単に手で壊せるような奴じゃ駄目さ」

「おじさん……どうもありがとうございます……」

「いえいえ、どういたしまして。……けどまあ、俺《おれ》も実はあれ、どうせ鏡を使ったトリックだろうとは思っていたんだよな。壊さずにこのトリックがおまえに判るかたあ、赤坂の奴、随分人をなめたことを」

「……？」

「ああ、いやいや。これはおじさんの情けない一人言。おじさん、お友達にね、このトリック、分解しないでもおまえに判るかって言われて、実際、分解しなきゃよく判らなかったんだよね。けど、いざ分解して、判っちゃうと、大人っていうのは情けない生き物だから、『どうせこんなことだと思ってた』って、後づけの理屈で判ったようなことを言うってお話」

「あなた。成美ちゃん。何やってるの、こんな処で」

と。ちょうどその時三階から下りてきた裕子さんが、あたし達の様子を見て、何だかあきれたような声をかける。

「成美ちゃんとあなたが仲むつまじくやってるのって、そりゃ、心楽しい風景だけど、それにしても、なごやかにやる場所ってものがあるんじゃなくて？　こんな処でくつろいでいると、二人共、風邪ひいちゃうわよ」

……確かに。あたし、おじさんを玄関に迎えに出、玄関で魔法の貯金箱もらって……そのまま、二人して、おじさんなんかコートをきたまま、ずっと玄関でお話ししていたのだ。この季節、暖かくなってきたとはいえ、玄関がおしゃべりに向かない場所であるってことは、否《いな》めない。

「……ああ、そう言われたら、何だか寒くなってきた」

「ほらほら、二人共、早くリビングへいらっしゃい。熱いお茶をいれてあげますから」

くしゅん。

で、こう言われたあたし、何故《なぜ》か急にくしゃみなんてしてしまって。

「成美ちゃんにはあったかいミルク、あげるからね。ほら、早く」

☆

その晩。あったかいミルクを飲むと、あたし、裕子さんに無理矢理ベッドの中に入れられてしまった。確かに二十分以上も玄関にいたせいで、気がつくとあたしの体、何だかとっても冷えきっていて、風邪をひいてしまうおそれが、充分にありそうだったから。

でも。

でも、裕子さんには悪いけど、あたし、裕子さんが行ってしまって、体が充分にあったまると、ベッドから出て、机の前の椅子《いす》にすわり、スタンドの明りだけをそっとつける。机の上にくますけをのせ、くますけとむかいあうようにして、それから、さっきおじさんにもらった貯金箱の包装紙をそっとやぶる。

「ああ、ほんとうに菜の花だわ」

おじさんにもらった貯金箱を、くますけにも見せる。

「おじさん、わざわざあたしの好きな花がはいっている奴を、デパートで探してくれたのかなあ」

『そう、だろうね』

こう言ったくますけの声。何だかとっても、心配そうで、何かやたらに、不安気だった。

「これは、持って行こうと思うの」

それからあたし、机の一番上の引き出しをあけ、貯金箱替りに使っている、オルゴールのついた箱の中から小銭をとりだし、それ、全部、魔法の貯金箱の中に入れてしまう。

『持っていくって……なっちゃん、やっぱり、本気でこの家を出るつもりなのかい？』

くますけには、家を出るつもりだってことしか、話してなかった。家を出るほんとの理由――くますけが、いつか、裕子さんに危害を加えるようになったら怖い、おじさんだって、今となっては、危害なんか加えたくないって奴――は、面と向かって言ったら、くますけがあんまり可哀想《かわいそう》で、だから、くますけには、話せなかった。

「出るつもり」

『……考え直す、余地はないの？　裕子さんと晃一おじさんくらい、なっちゃんのことを可愛がってくれる人って、多分、そうそう、いないだろうと思うよ』

「それは判ってるの。でも――それが判っているから、あたし、この家を出なくちゃいけないの」

『…………』

あの夢を見た晩から今まで。この家を出る・出ないについては、それこそもう何十回も、くますけとは口論しており――くますけ、あたしの決意がかたいのを知ってか、最近は、もう、反対なんかせず、ただ、ため息をつくだけになっている。

「それにね。今日のおじさんの台詞《せりふ》を聞いているうちに、あたし、この家を出る決心がついたわ」

『え？　何か晃一おじさん、なっちゃんに家を出た方がいいってこと、言ったの？』

「ううん。ただ、おじさん、実例で示してくれた」

『？』

「とにかく、まず、行動をとっちゃえばいいのよ。理由だの言い訳だの、ああだこうだ考えるより、とにかく、まず、行動をとるの。そんでもって……とにかくあたしが家をでたら、裕子さんとおじさん、後になってあたしの行動を知ってから、『きっと理由はこうこうに違いない』『きっとこれこれが理由だ』って、いろいろ、後づけの理屈で、考えてくれる」

『僕には、なっちゃんの言っていることがよく判らないんだけれど……』

「あのね。あたし、ほら、今までいろいろと考えてきたじゃない？　どうすれば、裕子さんが、あたしを千葉のおばさんの処へやってくれるかとか、どうすれば千葉のおばさんがあたしを引き取る気になってくれるかとか。けど、そんなことを考えるより何より、まず、あたし、問答無用で千葉のおばさんの家へ行っちゃった方がいいと思うの。千葉のおばさんだって、鬼じゃないんだから、実際あたしが行ってしまえば、あたしのことを保護しない訳にはいかないじゃない。そんでもってそうすれば、裕子さん、きっと、その理由についていろいろと考えてくれる。そうすれば……子供のあたしが考えるより、大人の裕子さんに考えてもらった方が、あたしが千葉のおばさんの家にいく、納得のいく動機ができると思うの」

『でも……そんなことしたら、裕子さん、きっと、哀しむよ』

「それは判ってる。それは……考えると、辛《つら》い」

あたし、これだけ言うと、それから、心の中でこう台詞を続ける。

でも。それは考えると辛いけど、でも、裕子さんが哀しむ方が、裕子さんが死んじゃったり事故にあうより、ずっとずっと、ましだもの。

「明後日《あさって》ね、また、ピクニックに行こうって、裕子さんに提案するつもり」

『え？』

「明後日、あたし、またピクニックに行くことにするのよ。だから、明日の夜、あたし、明後日のためのお弁当を自分で作るんだわ。そんでもって明日の晩、裕子さん達が寝ちゃった後で……あたし、そのお弁当を持って、家を出るの」

『……………』

「お金もある程度あるし、千葉のおばさんの家の住所も判っているし、ま、そりゃ、道順なんかはよく判らないけど、住所が判っててお金があって、その上お弁当だってあるんですもの、あとは何とかなるんじゃない？」

『…………』

「ね、くますけ。一緒に行こうね。……そりゃ、千葉のおばさんの家に行ったら、このあと、当分、あたしはきっと不幸だと思う。でも……くますけは、不幸なあたしが相手でも、いっつも一緒にいてくれるよね」

『あたり前だよ。不幸だろうが何だろうが、僕は、いつだってなっちゃんと一緒にいるよ。僕は、いつだって、なっちゃんと一緒だ』

……うん。

くますけは、いつだって、あたしと一緒にいるんだ。一緒にいてくれるんだ。

この先。

長い、長い、先。遠い、遠い、将来まで。あたしの人生が終るその時まで。

あたしは、くますけと一緒に――ただ、くますけとだけ、一緒に――この人生って旅を、歩んでいくことになるんだ――。

☆

「何だよ、裕子。おまえ、まだ何か、心配なことでもあるのか？」

少し、酔っぱらっている。その自覚が、晃一にはあった。自分は酔うと話がくどくなって自覚している晃一、なるたけ話をくどくしないよう、注意しながら、自分の隣に寝た裕子にこう声をかける。

「え……ううん……別に」

「あのな、おまえ、夫をなめるな。しょっちゅう一緒にいるんだぞ、おまえの変化に気がつかない俺だと思うか」

「あ……うん……えへっ、ほんっとにあなたには隠し事ができないわよね」

「隠し事なんてするなよな、それが夫婦崩壊への一番早い道のりだぞ」

「うん。……あのね……心配なのは、成美ちゃんのことなの」

「おい、言っとくが、ここの処、俺と成美ちゃんとの間は、実に、実に平穏だぞ。……まあ、その、何だ、つき合ってみれば、成美ちゃんって、結構いい子じゃないか。俺、気にいっちゃったよ、あの子のこと。このままうまいこと育ってくれれば、あの子、将来、ひとかどの人物になりそうな気がする」

「あなたが親莫迦《おやばか》になってどうするの？」

「親……莫迦、かな。けど、あの子、教育の仕方さえ間違えなきゃ、賢いし、人に対する気の遣い方も知ってるし、常識もあるし……」

「そういうの、親莫迦って言わない？」

「……言うかもしれない。けど……そんなことはおいといて、とにかく、俺と成美ちゃんは、ここの処、とってもうまくいってるぞ？　だとすると、おまえの心配事っていうのは、何なんだ」

「成美ちゃん……ここの処しばらく、くますけによそよそしいのよ」

「……へ？」

「成美ちゃんがくますけを抱いてくますけの鼻面《はなづら》に自分の鼻を押しあてている、そんなポーズ、ここ二、三日、あなた、見ていないでしょう。ここ何日か、成美ちゃん、意図的にくますけとあんまり親しくしていないような気がするの」

「……それのどこが、問題なんだ？　それって、むしろ、いいことじゃないのか？　成美ちゃん、ようやくくますけから脱皮しかけているんだろう」

「そういうことを言うのは、あなたがぬいぐるみとあんまり親しい関係になったことがないからよ。成美ちゃんにとってのぬいぐるみ――くますけ――って、家族だって言ってもいいようなものなのよ。ゆるやかに、徐々に、成美ちゃんがくますけのことを忘れていくんなら私だってこんな心配、しないと思うの。でも……でも、成美ちゃんの変化は、急激だわ」

「まだよく判らない。おまえ、何を心配しているんだ？」

「子供が、家族のことを段々うとましく思ってゆくことって、そりゃ、成長期にはあると思う。けど、子供が、ある日を境に、家族のことをまったくうとましく思ってしまったら……それって、問題、でしょ？」

「……ああ。まあ、それは問題だが……それと成美ちゃんの関係は？」

「だから、くますけって、成美ちゃんにとっての家族なんだってば」

「裕子」

晃一、こう言うと、自分の腕の中にある、裕子の体を、ぎゅっと、ぎゅっと、抱きしめる。

「おまえね、考えすぎなんだよ。くますけは、ぬいぐるみだ。そんでもって、ぬいぐるみっていうのは、生き物じゃ、ない。成美ちゃんは、どんどん、どんどん、いい方へ向かっているのさ。ぬいぐるみがなくても生きてゆける、まっとうな子供に」

「…………」

「後になったら、きっとこの話って、笑い話だぜ。成美ちゃんがまっとうな子供になりかけているっていうのに、その保護者である裕子は、そんな成美ちゃんが危ないって言ったっていう」

「…………」

「な？　……だろ？　……違うか？」

裕子の、右手。

克服した筈とはいえ、爪《つめ》を噛《か》む癖のあった裕子の右手、この時、もう殆《ほとん》ど、爪を噛みそうなくらい、口に接近していて……。

「結局、おまえのとりこし苦労だよ」

この晃一の台詞のせいで、裕子の右手の爪、裕子の口に達することなく終るのだ。

☆

翌日。

晃一は、ちょっと昨日は呑みすぎてしまったかな、なんて思いながら、二日酔いの頭をふりふり、白衣をひっかけて診察室へとでかけていった。

最初の頃《ころ》は、裕子が勝手に成美を引き取ると決めてしまったことに対して批判的だった看護婦達も、ここの処、晃一と裕子が前よりうまくいっているようなので、そしてまた、くますけのことさえなければ、成美は適当に大人の受けがいい態度をとれるだけの賢さを持つ子供なので、最近は、成美のことを受け入れつつある。

成美は、朝一番で、明日もまたピクニックに行きたいって発言をして、ことのほか裕子を喜ばせた。

そして、裕子は。

「……そうよね……あの人の言うとおり、よね。……私が、変な風に気をまわしすぎているのよね……」

誰に言うともなく、何度もこんなことを呟《つぶや》きながら、家の一番奥にある、今はもう滅多に扉《とびら》を開けることもない、納戸《なんど》の前までやってきては、そのまま何もせずに引き返していた。

「私の気のまわしすぎよね。成美ちゃんは、きっと今、新しい環境に適応するのに必死で、くますけに気をまわしているゆとりがあんまりないんだわ。そうよ、それに、普段はくますけに部屋の中でお留守番をしていてもらって、自由にお外で遊びまわる、そんな子に成美ちゃんにはなって欲しいんですもの、ね」

☆

そして、くますけは。

ゆうべ、成美が寝る前においたままの状態で――すなわち、机の上にちょこんとすわり、目の前の、成美の魔法の貯金箱を見張っているような格好で、ずっと、ずっと、たたずんでいた。

こんなことは、めずらしい。

ここ二、三日、時々成美、くますけをおいて、一人で行動をとることがあったけれど、こんな風に、朝から完全にくますけをおいたまま放《ほう》っておくなんてことは、今までになかった。

そうした目で見てみると、今のくますけ、何だかちょっとさみしそうに見えるかも知れない。机と窓、そしてくますけの位置関係のせいで、ちょうどくますけの左眼《ひだりめ》のあたりに、ちらちら木《こ》もれ陽《び》があたっており、それがまるで、くますけの涙にも見えるようだ。

そしてまた。空想力があり余っている人が見ると、今のくますけ、困惑しているように も見えるかも知れない。昨日のくますけと成美との会話を聞いていた人がもしいるのなら、そして、その人が空想力にめぐまれていたら、その人、こんなことを思ってしまうかも知れない。

昨日の会話の様子によれば、どうやらくますけ、成美がこの家を出ることに反対のようだ。だが成美の決心はかたく、それでくますけ、困っているのに違いない。困って、困って、どうやって成美にそれを思いとどまらせるか、必死になって考えて。

……やがて、時は、すぎる。

いつの間にか太陽はすっかり中天にのぼっていて、くますけの体には、もう木もれ陽はあたらなくなる。

そのせいだろうか？

今のくますけは、さっきのくますけとは、まるで違った表情をしているように見えるのだ。

もう、くますけ、困っていない。悩んでもいない。まるで、何か、名案でも思いついたかのように、心からくつろいで、むしろ会心の笑みをうかべているように見える……。

# 十一

押し入れの中から、オレンジ色のナップをとりだす。その中に、念のために替えの下着と今着ているパジャマをつめ、それから、成美、手早く服を身につけてゆく。せっかくだから、この間裕子に買ってもらったジーンズをはき、夜の間は冷えるかも知れないから、これまた念のため、シャツの上にセーター着て、念には念を入れるために、その上にジャンパーも着て。

「……持ってゆくものは……魔法の貯金箱でしょ、お弁当でしょ、地図でしょ、千葉のおばさんの家の住所と電話番号を書いたメモでしょ、ここまでは絶対必要で……ああ、まだナップ、ゆとりがあるから、裕子さんに買ってもらった『遊び着』、もうちょっとつめとこ」

時刻は、午前二時。さすがにいくら何でも家の中は寝静まっており、成美、実は、一回寝て、うんと早めにまた起きた処《ところ》。

「学校のお道具なんかは、どうせ転校するんだから持っていってもしょうがないし……これはやっぱり、持って行かなきゃいけないのかなあ」

オルゴールから取り出したのは、金のチェーン。いつぞやの夢で、くますけの体をしばりつけていたもので、これ、実は、千葉のおばさんから、『ママの形見』だっておしつけられたものなのだ（これは成美の知らないことだが、このチェーン、相当高級な品で、小学生が持っているようなものではなかったのだ。それから、念のためにつけ加えておくと、千葉のおばさん――安西夫人――という人は、決して、お金の亡者《もうじゃ》でも何でもなかったので、成美の両親の遺産はすべて、成美名義で定期預金にしていてくれた。また、幸代の持っていた装飾品のうち、安ものは親戚《しんせき》や友達への形見わけにしてしまったが、ある程度の価値のありそうな品は、すべて、安西夫人が保管していてくれたのだ。成美が二十《はたち》になった時に、あらためて成美に渡すため。このチェーンは、そんな中では最も資産価値がなさそうだったので、小学生の成美に渡した訳である）。

「あとは……えーと……あ、そだ、これも、持って行こう」

以前、裕子と二人でピクニックに出かけた時に作った花冠《はなかんむり》――すでに花は枯れてかさかさになって、下手に触ると壊れそうだった――を荷物の一番上にのせ、それから成美、満足したように一回うんってうなずく。

「これ以上は、無理ね。この上に何かのせたら、せっかくのお花の冠が壊れちゃう」

それから成美、まだあの時のまま机の上にいるくますけに視線を向け、くすっと笑い……それから、ぎゅっと、くますけのことを抱きしめる。

「莫迦《ばか》、くますけ」

『何だよ、なっちゃん』

「くますけ、今、思ったでしょう。これ以上は無理って、自分はここに置いていかれるのかなって。莫迦ね、あたしがそんなことする訳ないじゃない。くますけはね、くますけはね、ナップになんか、いれないの。あたしがずっと、抱いてってあげるの」

『莫迦はなっちゃんだよ。なっちゃんが僕を置いていくだなんて、たとえほんの数秒にしたって、僕が信じると思う？』

「……思わない」

『ね？　だから、莫迦は、なっちゃんの方』

くますけ、こう言いながらくすくすと笑い、このくますけの表情を見て、成美、何だかちょっと驚く。

「ねえくますけ、あなた気を変えてくれたの？」

『あん？』

「ついこの間までは、あたしがこの家を出て行くことに、くますけ、反対してたじゃない。そのあとは、ずっと、何だかあきらめたみたいにため息ばっかりついて。……それが今日はその表情……ねえ、気が変わったの？」

『いいや。今でも言うけどね、この家を出てゆくって決心、変えることができるなら、ただちになっちゃんは変えるべきだと思うよ。この家を、出ていかない方が、ずっと、ずっと、なっちゃんのためにもいいんだ』

「でもあたし、出てゆくわよ」

『判《わか》ってる。だからね、僕は、次善の策って奴《やつ》をとったの』

「何、『次善の策』って？」

『次にいいと思われること。たとえなっちゃんが今日この家を出ても、それでもなっちゃんが幸せになれるって方法を思いついたから……だから、なっちゃんは、好きにしていいんだよ。この家を出ても、出なくても。どっちにしても、僕が絶対、なっちゃんのことはしあわせにしてみせる』

あたしは親殺しでくますけは悪のぬいぐるみだ。

この間の夢を思いだし、成美、このくますけの台詞《せりふ》を聞いた瞬間、ふっと背筋に寒いものを感じたのだけれど——でも、成美、もうくますけのこういう台詞を追及しない。下手に追及して、もっと怖いことを聞かされることになっちゃったら嫌《いや》だし、それに、くますけが何をどう言おうと、何をどうしようと、自分がくますけを嫌《きら》いになんてなれないって、心の底から実感してしまっているから。

「ちょっと待っててね、くますけ。あたし、一応、裕子さんに手紙だけは書いておこうと思うから」

こう言うと、成美、くますけに背を向けるようにして、引き出しの中から便箋《びんせん》を取りだし、くますけに見えない角度で、裕子への手紙を書く。


裕子さん。

あたしは、ここんちをでます。

でも、気にしないで。きずつかないで。

あたし、裕子さんも、晃一おじさんも、好きです。

裕子さんやおじさんがきらいだから、ここんちにいるのがつらいからって理由で、でてゆくんじゃありません。

そこのところだけは、どうか、わかってください。

わけは、書けません。

でも裕子さん、裕子さんのことは、だい好きです。晃一おじさんのことも、だい好きとまでは言えなくても、好きです。あたしはここのおうちにひきとってもらえて、しあわせな子でした。

裕子さん。

ほんとに、だい好きです。

だあっ、もう！　あたしって文才、まるっきりないな。書きたいことは、ほんとに言いたいこと、言わなきゃいけないことは、もっと他にいろいろあるのに、でも、それがどうしても言葉にならない。

書きながら、成美、そんなことを思い、できあがった手紙を破いて書きなおそうとし、それからそれを思いとどまる。

今はそんなことをしている場合じゃないんだし、そんなにゆっくりしていられる時間があるっていう訳でもない。

だから、成美、しょうがなしに、この手紙を机の上に載せ、ナップを背負い、くますけを抱きあげ——それから、思いついて、机の上のスタンドの明りだけをつける。その明りだけが、成美の置き手紙を照らすようにして。

「じゃ、行くよ、くますけ」

成美、一回、くますけの鼻面《はなづら》に自分の鼻をおしあてる。なつかしい——ここ数日、わざとかがなかった、くますけの——においがして、成美、そのにおいをかいで、自分で自分のことを元気づけ、また、こう言う。

「行かなくっちゃね、くますけ」

☆

「……あん？」

その晩。

二時五十四分。

玄関があき、そして閉まる音をかすかに聞いて、裕子、ふっと目をさました。でも、目をさましたものの、その音、あまりに小さかったし、一回きりしかしなかったし、裕子、今、玄関が一回あいてそして閉まっただなんてこと、思いもしない。

「何か、夢を、見たような気がする。……なんなんの出てくる、夢」

ぼそっと裕子、こんなことを呟《つぶや》き、夜中に一人言なんか言ってしまったせいで、ふいにぞくっと嫌な感じを覚える。

……どうしてなんだろう……？　何か、とっても、嫌な、感じがする。ちょうどおばあちゃんが亡《な》くなった晩、目がさめてしまった時のような。

今度は声に出さず、心の中でこう呟いて、それから、裕子、思いきって暖かな布団《ふとん》からするりと抜けだす。晃一を起こさないように気をつけて、スリッパの中に足をつっこみ、パジャマの上にガウンをはおる。

嫌な感じがする時は、無理にその感じをおしつぶしたりしないで、嫌なことは何もない、悪いことは何も起こっていないって、自分で確かめてみた方がいい。その方が、変に心配しているのより、ずっとずっと精神衛生にだっていい。

裕子、そんな持論に従って、とりあえず、家の中を見てまわることにしたのだ。何か変なことはないか、成美は無事に眠っているのか。

……成美ちゃん……。気になるのは、成美ちゃんのことのような気がする。でも、家の中でやすらかに眠っている子供に、一体どんな悪いことが起こるっていうの。眠っている子供の突然死なんて、もっとずっと小さな、乳児の時の話だろうし、それともまさか、泥《どろ》棒《ぼう》でもはいって、目をさました成美ちゃんに危害を加えているとでも？

裕子、こんなことを考え、まさかねって感じで首をふり、それでも、まず、まっすぐ成美の部屋を目指す。

廊下に電気をつけなかったせいで、裕子、最初に、成美の部屋の扉《とびら》のガラス部分越しにもれてくる、ほんのわずかな光に気がついた。

……やだ、成美ちゃんたらまだ起きているのかしら？　この明りの感じだと、きっとスタンドの明りだけがついているんだ。ということは、成美ちゃん、眠れずに本でも読んでるの？　それとも、眠れなくて、部屋の中で、くますけとおしゃべりしているのかしら？

……もし、成美ちゃんがくますけとおしゃべりをしているのなら。それなら私、ドアを開けて成美ちゃんとくますけとの空間に無理に押し入らないで、このまま、何も気がつかなかったような感じで、寝室へ帰ろう。そりゃ、子供がこんな時間に起きているっていうのは、感心できた話じゃないけど、でも、成美ちゃんの今までの急激な運命の変化を考えれば、眠れないのも無理ない話だと思うし、その場合、私にできることって、成美ちゃんが自力で立ち直れるまで、一人でいたい時には一人にしておいてあげることだけ。でも、もし、眠れなくて本を読んでいたり、考え事をしているのなら。その時は、ドアを開けて、もし私に話せることがあるのなら、できるだけ話を聞いてあげよう。

明りを見た瞬間、裕子、こんなことを考え、できるだけ成美を刺激しないよう、そっと、足音をしのばせて成美の部屋の前までゆき、ドアの処で、しばらく、たたずむ。が、くますけと成美がしゃべっている、いつものぼそぼそって声は、聞こえない。

……じゃ、本でも読んでいるのかしら？　それとも、考え事の方？

一瞬、そう思い、ノックをして声をかけようとした裕子、『ひょっとしたら成美は本を読んでいるうちに、スタンドをつけたままで寝込んでいるのかも知れない』って可能性に思いあたり、ノックをするのをやめにする。

そして、寝込んでいる成美を起こさないよう、充分気をつけてドアを開け――。

ドアを開けた裕子の目の中に、まず、机の上でしらじらとついている、スタンドの様子がとびこんできた。それから、裕子、ベッドに目を移し、そこに成美が眠っていないことを知り――そして、初めて裕子、ちょっと慌《あわ》てる。

「成美ちゃん？　成美ちゃん？」

ベッド。あきらかに、眠った形跡がある。とすると、成美は、トイレに行っているのだろうか？　それとも、眠れないまま、階下の台所でミルクを飲んでるとか？

とりあえず、裕子、部屋の中に成美がいないことを確認すると、トイレとか台所とか、他に成美のいる可能性のある処を探しにゆこうとし、そして、ふっと思い留《とど》まる。というのは——つけっ放しのスタンドの明りの輪の中に、何か、白い紙のようなものが見えたから。

勿論《もちろん》、裕子、この時それが成美の置き手紙だなんて、これっぽっちも思っていなかった。そんなこと、思いつきもしなかった。でも、何故《なぜ》か、何となく裕子、まず、この手紙を読んで……。

「あなたっ！　あなたっ！」

次の瞬間。裕子、思わず、大声で晃一のことを呼んでいた。すぐ近くに晃一がいて、裕子が呼べばすぐに返事をしてくれるとでも思っているかのように。

「あなた、あなた、あなた」

それから裕子、慌てて手紙をわし摑《づか》みにし、寝室へととって返して——。

成美の部屋を出る時も、廊下を歩いている時も、裕子、ずっと、呼びっ放しだった。

「あなた、あなた……なんなん」

寝室へ戻り、明りをつける。その間も裕子、ずっと名前を呼び続け——いつの間にか、無意識のうちに、裕子の右手の爪《つめ》、裕子の口の中にあった。

「なんなん、なんなん、あなた！」

無意識のうちに爪を噛《か》みながら、無意識のうちに名前を呼びながら、裕子、ガウンを脱ぐ。パジャマのボタンをはずしだす。右手でボタンをはずしながら、左手で箪笥《たんす》の引き出しをあけ、適当にシャツブラウスをひっぱりだして……。

「な……何だ？　あ？　うん？　……何だ、裕子、もう朝、か？」

と。

急に電気がついたせいか、裕子の無意識の呟きで起こされたのか、晃一、一回不愉快そうに寝がえりをうつと、もぞっとこんな声をだし、目を手で覆《おお》う。今の処晃一は、目はさましたものの、まだ寝ぼけている状態らしい。

「なんなん、なんなん、あなた、あなた……」

シャツブラウスを着ながらも、裕子、なおこんなことを呟き続け——どうやら裕子、かなり動転しているらしく、まだ晃一が起きたことに気がついていないようだ。

「あん？　裕子？　ゆうこ！　どうしたんだ、何があったんだ」

妻の何となく異常な様子が判ったのか、次の瞬間、晃一、ぱっとベッドから起き上がり——そして、目をこすりながら、着替えをしている裕子の様子を見、完全に、目をさます。

「あ……あなた」

そして。晃一が完全に目をさまし、完全に目がさめた声をだしたせいでか、裕子もはっきりと正気に戻り、とにかく着替えを続けつつも、無意識のうちの呟きをやめ、はっきりと晃一に向かって話しかける。

「あなた、大変なの。成美ちゃんが、家出しちゃった」

「何？」

この台詞で。晃一も、半ばずり落ちるようにしてベッドを出る。

「何でだ？　一体全体何だって……」

「理由は、私の方が聞きたいわ！　でも、家出しちゃったのよ、成美ちゃんは！　さっき、何か嫌な気分がして、成美ちゃんの部屋を見にいったら、成美ちゃんがいなくて、かわりに置き手紙があったの」

「置き手紙？　見せてみろ」

と、こんな会話をしている間にも、裕子は着替えを続けていて――そして、晃一は、実に器用なことに、手紙を読みながら、パジャマを脱ぎはじめる。

「何だこの手紙は！　これじゃなんにも判らないじゃないか！　何で成美ちゃんは家出なんかしたんだ！」

「私だってそれが知りたいわ！」

二人共、興奮しているので、会話は金切り声でかわされる仕儀になったのだけれど、でも、勿論、二人共、お互いに相手のことを責めている訳ではなかった。

「一時半には、成美ちゃんは寝てた。トイレに起きたついでに、部屋の前まで行って寝息を聞いてみたから、これは確かだ」

で、それから。着替えをしているうちに、徐々に落ち着いてきたのか、まず、晃一が、こんな冷静な事実を述べる。

「私が嫌な気分になったのって……ぼんやりと時計を見ただけだから、はっきりしないけど、でも、三時前よ。ひょっとしてひょっとすると私、成美ちゃんの出て行く気配とか、そういうものを感じて、それで目がさめたのかも知れない」

ついで。裕子もまた、ある程度、冷静になる。

「出てゆく気配を感じて……あり得る話なのかも知れない」

「え？」

「裕子、おまえはね、一回眠っちまったが最後、普通ならまず、たたき起こされない限り起きないようなタイプの人間だ」

「え……ええ」

この寝室にある目覚まし時計が、格別うるさいものであるのは、そういう事情のせいだった。

「だとしたら、おまえの言うことって、ほんとなのかも知れない。普通のことじゃ起きないおまえが、夜中に目を覚ましたってことは……おまえ、成美ちゃんがでてゆく気配で、目がさめたのかもしれない。……だとしたら、今はまだ、三時十七分だ。これなら……」

「これなら、何？」

「これなら、おいつけるかも知れない。家出した、成美ちゃんに。幸いなことに、今の時間なら、電車だのバスだのは動いていないし、成美ちゃんは、タクシーを拾うことなんかに慣れていないだろ？」

「ええ」

「なら、急げ。今なら、まだ、時差はそんなにない。今から追いかければ、大人の足と子供の足だ、俺達《おれたち》、成美ちゃんにおいつけるかも知れない」

☆

葉っぱ。

普段は全然なんでもない、アオキの葉っぱ。

ヤツデの葉っぱ。

紅葉《もみじ》の葉っぱ。

それが、何故か、今はとてつもなく怖かった。

何故か。

ううん、理由は判っている。

今が、夜だからだ。今が夜で、あたりが暗くて……そんな中で、葉っぱは、まるで闇《やみ》を吸い取っているようだ。葉がしげっている処は、そこだけ闇がわだかまっているように、特別暗く見える。

それから。それから、今、成美が逃げているからだ。逃げている人間の目には、普段は全然何でもない景色も、特別怖いものに見えてしまう。

つつじ。こんもりとした、つつじの植え込み。こんもりとした、闇。

泰山木《たいさんぼく》。すっくと立った、泰山木。闇の中で更に屹立《きつりつ》する闇。

門灯が、うっすらと、紫陽花《あじさい》の植え込みを照らす。ここでは、紫陽花の葉の表面が明るく見える分だけ、逆に紫陽花が内包する闇が恐ろしいものに思える。

「なんでこんなに……なんでこんなに……」

怖いんだろう。

台詞の後半を飲み込んで、成美、ただただ呟き続ける。なんでこんなに……。

ぎゅっ。

成美の腕の中のくますけは、もはや、抱かれている、というよりは、締めつけられているって風情《ふぜい》。その、くますけだけを頼りに、成美、歩く。早く、一刻も早く、駅につきたい。駅までいけば、まだ少しはあたりが明るくなってくれるかも知れないし（昼間の駅しか見たことのない成美には、『暗い駅』というものが想像できなかったのだ）、そして、それに。

それに。

逃げなくっちゃ。

早く。

早く駅へ行って、早く電車に乗って、早く逃げないと……。

『逃げないと』。

これも、ちょっと妙な感覚だ。

何せ、成美、実の処、追われてなんか全然いないのだから。そりゃ、成美がいなくなったことに気がつけば、裕子も晃一も必死になって成美のことをおいかけるだろうが、それは、あくまで成美を保護する為《ため》であって——彼女には、『逃げる』必然性がまったくないが。

そんな現実は無視して。

逃げなくちゃ。どうしたってあたし、逃げなくっちゃ。

成美の心の中でだけ、危機感が増大してゆく。

逃げなくっちゃ、逃げなくっちゃ、あたし……。もし、つかまっちゃったら、つかまっちゃったら、あたし……あたし……。

『つかまる』。

一体、誰に、どんなものにつかまるというのだろうか。

――結局。つまる処、成美、本人は気づいていなくとも、たった一つのことからだけ、逃げているのである。

たった一つのこと――自分の、心の中に、巣くう、闇から。自分の心の中の、くますけは邪悪なぬいぐるみなのかも知れないっていう、その、疑惑から。

だから。逃げても逃げても、成美は決して、逃げきれない。

自分の心から無事に逃げおおせる人間など、いくら世界が広くとも、存在する筈《はず》がないではないか。

故《ゆえ》に。逃げても逃げても、成美の恐怖、ただ、ますだけなのだ。

「くますけ……ねえ、くますけ……くますけ……」

怖い、よお。

最後の自制心が、成美に、『怖い』って台詞を言わせない。これを言ったら最後、恐怖はどこまでもふくれあがっていってしまうって、成美、察しているからだ。

「くますけ……くますけ……くますけ……くますけ……」

街灯と電柱。街灯の明りの中にぽっかり浮かぶ紅葉。緑色の紅葉は、何だか、怖い。

「どうして……どうしてこんなに……くますけ……くますけ……」

歩いている成美の歩幅、次第に次第に大きくなる。そして、ついには、小走りに近いものになり――。

暗い、世界。

ここがどちらかと言えば、まだ、郊外の住宅地のせいで、あたりに結構ある、樹木。

その樹木達がすいよせる、闇。

そんな中を、成美、いつの間にか、本人も気がつかないうちに涙を流しながら、ただ、ひたすら、歩き続ける――。

☆

「成美ちゃん！　なるみちゃん！　な・る・み・ちゃーんっ！」

晃一は。

家を出た瞬間から、ひたすらこう叫んでいた。だって他に――だって他に、彼にできることって、ない。

「成美ちゃん！　成美ちゃあんっ！　出ておいで、いいから、おじさん、怒ってないからでておいでっ！」

男の足と、子供の足。

今、晃一が考えているのは、そのことだけだった。

男の足と、子供の足。随分、速さが違う筈だ。故に、今すぐおいかければ、晃一が成美に追いつくのって、決して無理な話ではない筈。

「成美ちゃん！　成美ちゃんってばっ！」

落ち着いて考えてみれば、仮に今、晃一が成美を発見できなくても、それ、何らまずいことではない筈なのだ。朝になれば、成美は必ず、どこかの警察に保護されるだろう。万一、警察に保護されずに、成美がどこかへ行ったとしても――その第一候補は、必ずしも成美にとってお気にいりって訳ではない、千葉の安西氏のお宅だが――、いずれ、必ず、成美が落ち着いた先から、晃一の処へ連絡がくるだろう。

けれど。それでも晃一、何故か必死に成美を捜さずにはいられない。

だって。

その、落ち着き先へつくまでの間。成美は不安に違いないのだ。きっと、きっと、不安で、心細くて、怖くて……今だって、成美、泣いているかも知れない。それに……それに、万一、いや、億に一つでも。その道中の成美が、変質者の手にかからないという保証はないのだ。

そう思うと――一旦《いったん》、そう考えてしまったら。

もう、晃一、落ち着いていることはできない。だから、心から、こう叫ぶ。

「成美ちゃん！　成美ちゃあんっ！」

　この瞬間。

　おそらく晃一は、他のどんな父親よりはっきりと、成美の父親になっていた。理屈でどうこう言われるよりずっとくっきりと、晃一、成美のことを愛していたのだ。

「成美ちゃん！　成美ちゃんってば！」

☆

「なんなん」

　で、さて、晃一が表へでて成美の名前を叫んでいる時、裕子が何をしていたのかということ。

　玄関まで、晃一と一緒にゆき——それから、裕子、気を変えたのだ。成美を追跡することより、その前に、裕子自身の為にしておきたいことがあって……。

「なんなん……」

　裕子自身の為にしておきたいこと。そして、それって多分、成美をみつける為になること。けれど、この行動を、晃一に納得してもらえるとは思えない。

　だから、裕子、玄関まで来て、それからくるっと向きを変え、納戸《なんど》へと向かい……。

　納戸には、なんなんがいる。

なんなん、なんなん、裕子の危機には、必ずそれを救ってくれた、なんなんがいる。

「なんなん……」

納戸にはいると。裕子、まず、一番奥においてあるダンボールに目をむける。奥のダンボールの中身を出す為には、手前のダンボールを動かす必要があり——しばらくの間、裕子、ダンボール相手に格闘する羽目になる。そしてそれから。

一番奥のダンボールを何とかだし、その中身も、何とかだし……。

「なんなん……」

一番奥のダンボールには、裕子が子供だった頃《ころ》の、おもちゃがぎっしりつまっていた。ブロックだとか、お人形だとか、ままごとセットだとか……そして、なんなん、が。

「……なんなん……なんなん……ずっと、ずっと、封印していて、ごめんなさいね」

今、裕子の腕に抱かれているのは、猫《ねこ》のぬいぐるみ。かなり擬人的な、エプロンをつけ、帽子もかぶっている、猫のぬいぐるみ。

「……ごめんね、ごめんね、なんなんのこと、封印して、ごめんね」

裕子の右手。いつの間にか、その手は、裕子の口許《くちもと》までいっており……裕子、右手の爪を噛む。

なんなん。

もとの名前は、『にゃんにゃん』だった。猫だから、『にゃんにゃん』。

　だが。なんなんが来た当時、まだ子供だった裕子は、『にゃんにゃん』って言葉をうまく発音することができなかった。だから、『なんなん』。『にゃんにゃん』がなまった、『なんなん』。

「ごめんね、なんなん、こんな時ばっかり……けど、あのね、成美ちゃんが家出したの。……ああ、いけない、成美ちゃんって言っても、なんなんにはそれが誰だか判らないよね。……あのね、あたしの、大切な子供が家出しちゃったのよ。あたしの、大切な、大切な……」

『…………』

　裕子の、腕の中で、なんなんが、何か返事をしたのだろうか。裕子、あらためて、にっこり笑う。

「うん、そう。で、あたし、成美ちゃんのことが心配なの。今、元気なのか、大丈夫なのか、泣いていないか。あたし、成美ちゃんを、つかまえたいの。つかまえて、文句をうんとこさ、言ってあげたいんだわ。あたしが親で、何か不満があるのかどうか、もし不満があるのなら、それ、どういうものなのか、そういうことを」

『…………』

「ねえ、なんなん。お願い。頼むわ。……成美ちゃんを、つかまえて。んー、もう、見つけたら成美ちゃん、お尻《しり》ぺんぺんしちゃうわ。絶対、しちゃうわ」

『…………』

「ね？　なんなん……え？」

『…………』

「なんなん……ありがとう、なんなん……やっぱりあなたは、あたしの一番大切なお友達よ……」

☆

そして。

そして、その後で。

裕子は歩きだすのだ。ううん、小走りに、駆け出したって言ってもいい。

それは——見事に、成美のいる方角だった。

見事に、駅とは反対の方向だった。

駅とは反対の方向。成美が向かうのは、まず駅の筈。

それが判っても——そう思っても、裕子、ものの一秒も迷わない。自分が無駄《むだ》な努力をしているかも知れないだなんて、意識にまったくのぼってこない。いや、それよりも前、裕子は自分がどっちへ向かって走っているのか、実は、全然、意識しないでいるのかも知れない。

ただ、走る。走り出す。
なんなんを——抱きながら。

# 十二

……どうしよう……。

……あたし……しゃがみこんでいた。

……もう、走るのは嫌《いや》だ。

息がきれてきた。ぜいぜいいってる。それに……それに……走っても、走っても、見覚えのある景色なんかまったく現れてくれず……走っても、走っても、駅なんかちっとも見えてこず……あたし、ようやく、判《わか》るのだ。あたし、迷ってしまったみたい。

どうしよう。

……どうしようも、なかった。

ここはどこ？

……判りっこ、ないじゃない。

この先あたし、どうすればいいの。

……どうしようもなくて、自分がどこにいるのかさえ判らないあたしに、この先なんて、ある筈《はず》がない。この先も何も、あたしはここで……あたしは、ここで、死んじゃうんじゃないかしら。

『なっちゃん！　なっちゃん、頼むから、あんまり莫迦《ばか》なことを考えないで』

くますけが、必死になって、あたしに鼻面《はなづら》をおしつけてきていた。一所懸命、くますけなりに、あたしのことをはげましてくれるのだ。

「……くますけ……うん」

それが判るから、くますけの気持ちが判るから、あたし、精一杯、表情をひきしめ、『うん』って言う。けど……くますけのいう、莫迦なことを考えずにはいられない。

『莫迦っ！　なっちゃん、やめろよな、変なこと考えるのっ！　こんな都会で、どうやって子供が死ぬんだよっ！　朝になれば必ず誰かがみつけてくれるさ』

朝に……なんて、なるのかしら。この闇《やみ》が、あけるだなんてこと、あるんだろうか。けど、くますけは、あたしに鼻面を自分の方からおしつけてくれている。ぬいぐるみが、こうして自分から動いてくれるのって、これは、実に、とんでもないことなのだ。普段だったら絶対やらない——それ程、必死になって、くますけ、あたしのことをはげましてくれているのだ。そしてまた——そんなことをしても構わない程、ここら辺には、人気《ひとけ》がないのだ。人気がないから、誰かに見られる可能性がまったくないから、だからくますけ、こうして自分から動くことができるの。

「ここは、さみしい、ね」

くますけが自由に動ける空間。そんなものが、この世の中にあるだなんて思わなかった。くますけは、いつだって、死んだ、生きていないぬいぐるみのふりをしてきて――あたしと二人っきりの時、あたしの部屋でだって、そうだったんだ。だっていつ、ママが、パパが、よその人が、ドアを開けるか判らないから。とすると、ここは、あたしの部屋なんかよりはるかに、他の人がくる可能性のない場所、誰もだあれもいない場所だってことになる。

「こんなさみしい処《ところ》にいると……ねえ、くますけ、怖い……ね」

怖い。

ああ、そうだ。

さっきっからあたしが言いたくて言いたくてたまらなかった言葉、さっきからずっと、ずいぶん前からずっと、喉《のど》の奥にひっかかっていた言葉が、この時、すらっと、出てきてしまった。

『莫迦。なっちゃん、怖いだなんて、言うのよせよな』

すると。

ひょこん。

あたし、思わず自分の目を疑った。だって――ひょこん。

くますけが、するっとあたしの膝《ひざ》から地面へ、飛び下りたのだ。飛び下りて、自分の足で、地面に立って、そしてあたしのほっぺたに、ふかふかの手をのばしてくれる。

「え……くますけ……」

『それは、言っちゃいけない言葉なんだ。今すぐに忘れなさいね』

「え……だって……くますけ……」

生まれて初めて。生まれて初めて、あたし、くますけが、自分の足で立つのを見た。それまでは、あたしに鼻面をおしつけてくれるっていったって、あたしのにおいをかいでくれるっていったって、それは、他人から見れば、あたしがくますけを動かしているように見える動きの筈で――こうまではっきりと、くますけが自分から動いたのを見るのって、初めてだった。

『忘れな、忘れなよね、今言ったこと。そんなことはね、思っちゃいけないの。……ね？』

「くますけ……くますけ……」

そんなことしている場合じゃない。それは百も判っていたんだけれど、でも、あたし。その瞬間、思わず、くますけの方へ手を伸ばしていた。その瞬間、他のことはなあんにも考えられなかった。

「くますけ……やっぱり、くますけったら、動けるんだあ」

『……極秘だけどね』

と、この時だけ、あたしが心からにっこり笑ったのをうけて、くますけもまた、苦笑いを浮かべる。その苦笑いを見て、あたし、くますけのことを、ついつい思いっきり抱きしめたくなって——でも、ふっと、違う思いが心の中にきざしてくる。

「……で、くますけ。どうして、極秘のことを、してくれたの？　くますけが動けるのって、実はあたしにも内緒の極秘なんでしょ？　どうしてそんなことを今……」

『ちっ』

くますけ、あたしのこの台詞《せりふ》を聞いて、ほんのちょっと舌うちをする。

「あ、ね、じゃ……じゃここ、やっぱりとっても怖い処なんじゃない？　うん、そうだ、怖い処なのよ。だからくますけ、だから極秘のことをしてくれてまで、あたしの気をそらそうとして……」

『なっちゃん。いい子だから、そのことは今、あんまり考えないように』

「もう遅い！　もう遅いわっ！　あたし……考え、ちゃった……」

『だから、その考えを、やめなさいって。さもないと——あ、いや、何でもない』

「さもないと？　くますけ、今、さもないとって言った？」

『いや、言ってない、言ってないってば。何でもないって言っただろ？　何でもないんだ』

「嘘《うそ》っ！　くますけ、あたしに嘘をつくのだけはやめてね。確かにくますけ今、さもないとって言った！」

『……ああ、そうだね、言ったかも知れない。……けど、そのあとで、何でもないって言っただろ？　だから、何でもないんだ』

「くますけ……お願い、ほんとのことを教えて。怖いってことを考えるのをやめないと──さもないと、どうなるの？　ねえ、だって、だって、ねえ、あたしはもう考えちゃったのよ？　もうあたし、考えちゃったの！」

『まだ遅くないかも知れない。だから、なっちゃん、ただちにその考えをやめるんだ！』

「もう無理！　もう無理よ、だから、教えて！　怖いって考えると、怖いって考えると、どうなるの！」

「……教えてあげようか」

と、その時。

あたしでもない、くますけでもない、今、くますけが自由に動ける、ということは、他の人が一切いない筈のこの世界に、ふいにこんな声がひびく。

「教えてあげようね。……怖いことを考えると、怖いことがおこっちゃうんだよ」

低い、声。ママと喧嘩《けんか》している時でも、決してある程度以上には高くならなかった声。あたしのことを怒る時には、普段よりずっと低くなった声──パパ！

「ひっ」

パパ。

あたし、そう、悲鳴をあげた——つもりだった。けれど、あたしの声は、もう、音にならない。喉から出るのは、ただ、『ひっ』っていう、言葉にも悲鳴にもならない、かすれた音だけ。

「莫迦だねえ、成美。くますけは動けないものだって、判っていただろ？　その、動けない筈のくますけが動いちゃったんだ、ここは普通の世界ではないって判りそうなものなのに」

あっちの、電柱。電柱にくっついている、街灯。その街灯の光の輪の中で、ぼおっとけぶっているのは柿《かき》の木。その、柿の木の下、檜《ひのき》の生《い》け垣《がき》の処に立っているのは——パパ。

「だから、お勉強しなさいって、いっつもママは言っていたのよ。ね、成美。今になってから思いあたるでしょ？　もしあなたがママの言うとおり、きちんとお勉強していたら、ここが普通の世界じゃないって、すぐに判った筈なのよ。なのに、なあに、算数のあの点数は」

今度はママ。檜の生け垣のま向かい、穴あきブロックの塀《へい》の前に立っているのは——ママ。

「ママは本当に情けなかったわ。あんな、算数の簡単な問題で、×が七つもあるだなんて……ママには、そんなことは、ありませんでした」

「パパだって、そんなことは、なかったさ。それも、おまえの×は、その大半が単なるうっかりミスだ。三桁《みけた》の掛け算を間違わない子が、どうして3たす4が9だと思ってしまえるんだ。こんなこと、ちゃんと落ち着いていれば、間違う筈がないだろう？」

「答は正しいのに、解答欄に書く時にうつし間違えたっていう奴《やつ》も、あったわね。成美、どうしてあなたは、そうも落ち着きがない子なの」

「そして結局」

「そして結局」

パパとママ。生け垣の前に立ったパパとママは、二人してこう言うと、お互いに相手の顔をみつめて。

「そして結局、ゆきつく先は、一つなんだ。成美、おまえの成績が今一つなのは、おまえが落ち着きがない子供だからだ」

「そして結局、成美ちゃん、あなたが落ち着きのない子供なのは、環境のせいだってことになっちゃうのよ」

「子供に落ち着きがない、それは、親の、落ち度か？」

「そんなにまであたし達、あなたにひどい教育をした？　そんなこと、ないでしょう？　そんなこと、ない筈よね？」

「親が離婚寸前だからって、何だって子供のうっかりミスまで、親のせいになっちまうんだ」

「成美ちゃん、はっきりしてちょうだい。あなたが悪い子なのは、すべて、あなたのせいなのよね。親には関係ないでしょうが」

「つまる処、悪い子を持つと、親は苦労するって話だよな。……そりゃ、確かに、いい夫婦じゃなかったさ、俺達《おれたち》は。けれど……子供に何かあると、それはすべて、親のせいなのか？」

「そうじゃないでしょう？　そうじゃないってお言いなさいな、成美ちゃん」

「………」

……あたし。

何も言えなかった。怖くて、怖くて、ママとパパが怖くて、何も、なあんにも、言えなかった。

「ほおら、あなたは、何かあなたにとって不都合なことがあると、すうぐ黙っちゃう」

「そうだ、おまえは、おまえにとって不都合なことがあると、いつでもだんまり戦術に出ちまうんだ」

「………」

けど。けど、あたし。黙っているしか、できなかったのだ。怖くて、怖くて……それに、理屈じゃ、どうやったってパパやママに勝てないって知っていたし……とにかく、あたし、しゃべれなかったのだ、何も。別にだんまり戦術をやっていたって訳じゃない。

「こっちには、引け目があった。……親が、離婚寸前だっていう、な。けれど、死んじまった今となっては、もう、こっちには、引け目はない」

「そうよ。引け目があるから、ずっと、ずっと、黙っていたの。……けれど、引け目がなくなったからには言わせてもらうわ。……確かに、あたし達はいい親じゃなかったかも知れない。けれど……なら、成美、あなたは何なの！　あなたは、一時《いっとき》でも、いい子でいてくれたことがあったの？　なかったでしょう」

「…………」

「なかったのよ！　ええ、あなたには、いい子だった時は、なかった。……いーい、親が離婚する家庭は、珍しくないわ。あっちこっちにあるだろうと思う。けど、その家庭のすべてで、子供が、ぬいぐるみだけを愛し、ぬいぐるみだけを友達にしている訳じゃ、ないわ！　えーえ、言わせてもらえれば、それって絶対、少数派よ！　で……そして……成美が、その、少数派だからって、何だってあたし達が、酷《ひど》い夫婦の見本みたいに言われなきゃならないの！」

「…………」

「あたしは、通ったわっ！　最初は、幼稚園に、それから、小学校に、カウンセラーに、小児精神科医に！　けど、誰も、誰も、成美からくますけを放す手段を教えてはくれなかった！　なのに、幼稚園の先生も、小学校の先生も、カウンセラーの先生も、小児精神科の先生も、みんな異口同音に言うのよ。『お子さんには、対社会的な訓練が足りません、お母さまの愛情は足りてますか』って！　……何であたしが、何であたしが、人さまにそんなこと言われなきゃならないのっ！」

「…………」

「あたしは、それまで、ずっと、ずっと、いい子だった。いい子で、理想的な女性になり、そして、理想の花嫁さんになったのよ。それから、理想の花嫁さんは、理想的な、実に健康的な妊婦になって……健康状態から言えば、最高のお母さんになったんだわ！　なのに……なのに……何だって、最高のお母さんが、カウンセラーだなんていう見も知らぬ人種に、いろいろ、余計なことを言われなきゃいけないのよ！」

「…………」

「……確かに健康状態以外は、あたし、いい母親じゃなかったわ。お姑《かあ》さんとはいろいろあったし……だから、その頃《ころ》から、いいママじゃなくなっていたかも知れないけれど……でも、それ、あなたにはなあんの関係もないことでしょう？　お姑さんとのことは、ママだけのこと。ママのお腹《なか》の中にいたあなたには、なあんの関係もないじゃない。それともあなた、お腹の中で、ママの苦しみをわかちあってくれてたとでも言うの？　もしそうなら……もしそうなら、せめて、あなたくらい、最高にいい子になってくれたってよかったじゃない！　ママの苦しみがほんのちょっとでも判っているんなら、それなら、何だってよりママを苦しめるような子供になったのよっ！」

「…………」

「パパだってね、お袋とママとの間にたって、そりゃ、いろいろ苦労はしてきたんだ。パパが何もせずにお袋とママがこじれるだけこじれるのを傍観していたって訳じゃ、ないんだ。……そうだ、パパは、努力した。けれど、成美、おまえはなあんの努力もしてくれなかったね。いや、それだけじゃない。これだけ苦労しているパパとママを、より、苦労させるよう、苦労させるよう、働きかけてきたんだ」

「…………」

「教えてあげましょうか。成美。あなたの正体を」

「これは教えずにはいられないな、成美、おまえの正体を」

「あなたの正体はね、悪魔の子なのよ」

「悪魔の子なんだ。そう、それが成美、おまえだよ」

「悪魔の子がね、この世界で幸せになんか、なっちゃいけないのよ」

「そうだ、それはあんまり不公平ってものだな」

「あなたにはね、幸せになんか、なれる資格、これっぽっちもないの」

「そう、おまえはこの『怖い空間』の中で、怖がって、怖がって、恐怖のうちに死んでゆくのが似合いなんだ」

「…………」

……これが……これが、あたしの、パパとママ。これが、あたしの、他の誰よりあたしのことを愛してくれている筈の、パパとママ。

そう思うと――そう思うと――あまりのことに、あたし、怖くて、自分が不幸で、自分で自分のことが可哀想《かわいそう》で――あたし、もうあたし、どうしていいのか判らないと。

『黙れ。悪霊《あくりょう》』

それまでずっと、あたしのほおに触れていてくれた、くますけのぷくぷくの手が、離れる。そして、くますけ、あたしとパパとママとの間にすっくと立って――。

『黙れ、悪霊』

不思議だった。くますけは、いつもよりずっと大きく見えた。

ぷくぷくの両足をしっかと地面にすえつけて、毅然《きぜん》として立ち、ぷくぷくの両手をひろげ、パパやママからあたしのことをかばってくれて。

「ほおら、出た、くますけ」

「成美、おまえはいつだって、自分の都合が悪くなると、黙りこくっちまったりくますけの後ろに隠れたり――ほんっと、情けない子だよ」

『黙れ、悪霊』

不思議だった。

この時のくますけは——何だか、まるで後光がさしてでもいるみたいで……くますけの背後は、くますけの後ろは、とても、とっても、居心地がよかった。くますけのサイズを考えると、あたしがくますけの後ろに隠れられる筈がないのに（だってくますけの方があたしよりずっと小さい）——けど、くますけの後ろに、あたしはすっぽり隠れることができて、そしてそこはぽかぽかとして、とっても心があったかくなって……。

『悪霊。おまえは、今まで、僕のいない処でずっとなっちゃんを苛《いじ》めてきたな。けど、今、ここには僕がいるんだ。僕は、おまえみたいな悪霊が、僕のなっちゃんを苛めることを許しておかない』

「ほおらほら、くますけはおかしなことを言っているよな、成美」

「そうよ。今までだって、くますけ、ママ達の前にいつもいたじゃない。あの、法廷での証拠物件の時のように。それを知らないふりをするだなんて、くますけも、飼い主に似たのか、随分いい加減なことを言うじゃない」

『騙《だま》されるな、なっちゃん。僕は——僕が、なっちゃんの側《そば》にいて、こんな悪霊共の跳《ちょう》梁《りょう》を許す訳がないんだ。以前、僕がいた時って、それはなっちゃんの夢だったんだろ？　さすがに夢の中までは僕だって踏み込めないから——夢の中に、悪霊がでてきてしまった時だけは、僕にもなす術《すべ》がなかったんだ』

「またまた。くますけが適当なことを言っているわ」

「ほんと、成美に似て、くますけもいい加減だな」

『なっちゃん。……僕は、信じてくれだなんて、言わない。そんなこと、頼む必要ないんだ。けど、判ってるだろ？　僕と悪霊、どっちが正しいか』

「信じる！　くますけの方を信じる！」

　あたし。

　こう言ってしまってから、それからちょっと、考える。この場合の『悪霊』って、パパとママのことで……それをこうも簡単に言い切ってしまって、いいんだろうか？　……けど……たとえ、パパとママが相手だとしても、でも、くますけとどっちを選ぶかって言われれば、そりゃ、くますけの方に決まっているもの。

「成美！」

「何て酷い子なの！」

　と、案の定。あたしがくますけの方を選んでしまったせいで、パパもママも随分なショックを受けたみたいだったけれど……けど、それでも。けど、やっぱり、あたしにとって、本当に大切で、本当にあたしのことを思ってくれるのは、パパやママより、くますけだもの。

『ありがとう、なっちゃん』

くますけ、こう言うと、より、手をひろげる。

すると――くますけの手から、腕の付け根から、あっという間にとっても明るい光が湧《わ》き出して――その光にあたってしまうと、パパもママも、何故《なぜ》か急に苦しそうになる。

「成美。おまえは地獄に落ちるよ、このままじゃ」

「ええ、地獄に落ちるわ。実の親よりぬいぐるみの方を選ぶだなんて……そんな罰あたりな話、聞いたことがないもの」

『実の子をこうも苦しめる、そんな罰あたりな親の話も聞いたことがないな』

光にあたって、苦しそうなパパとママ。そんなパパとママに、平然とくますけ、こんなことを言う。そして、それから、くますけ、くるっとこっちを向いて。

『ああ、なっちゃんは、気にすることは、なあんにもないんだ』

「けど……でも……苦しんでるのがパパとママだと思うと……」

『思わなくって、いいんだよ』

「え？」

『……なっちゃんの、パパとママは、酷いパパとママだった。けど、今の悪霊程、酷いパパとママじゃ、なかった』

「……え？」

『悪霊の言うことを信じちゃいけない。あいつらは、なっちゃんのパパやママじゃないんだ。パパやママのふりをした、悪霊なんだよ』

「え……ほんと……に……？」

信じたい。くますけのいうことを、ぜひとも、ぜひとも、信じたい。あたし――パパも、ママも、ほんと言って好きでも何でもなかったけれど――けど、だからって、今、あたしにこんなこと言ってる人達が、パパとママだとは思いたくない。目の前のパパとママ――これが、もし、悪霊ならば、それはどんなに嬉《うれ》しいだろう。

と。

「ほおら、くますけの、詭弁《きべん》が始まった」

「いいわね、くますけ、嘘つき慣れてて」

くますけから差す光があたって。今にも崩れてしまいそうになっている悪霊が――パパとママが――悪霊が――、必死になって体勢をととのえながら、こんなことを言う。

「判っているわね、成美。くますけは、悪のぬいぐるみなのよ」

「悪のぬいぐるみなら、自分のことを正当化するだなんて、朝飯前の仕業だよな」

「悪霊なのは、私達の方じゃない。悪霊なのは、くますけの方なの。何せ、悪のぬいぐるみなんですもの」

「悪のぬいぐるみの言うことを信じたら、成美、おまえだって悪に堕《お》ちるんだ」

「救われないわよ。地獄に落ちるわよ」

『去れ、悪霊』

パパとママ。悪霊。でも、やっぱり、パパとママにしか見えない悪霊。

その悪霊――パパとママ――やっぱり悪霊――に、こんなこと言われ、あたし、混乱する。どうしていいのか判らなくなる。と、くますけ、更に更に両手をひろげ、いつの間にかずっと大きくなって。

『天地神明《てんちしんめい》にかけて。この世の中、天地《あめつち》、そのすべてにかけて、僕は誓う。僕は、なっちゃんを守る為《ため》に生を享《う》けたものだ。僕は、なっちゃんを幸せにする。僕は、なっちゃんを守る。……なっちゃんにあだなすもの、僕は決して許さない！』

「いーい、成美、くますけの言うことなんか信じたら、いつか、必ず後悔するんですからねっ！」

『去れ！　悪霊！　おまえは、なっちゃんにあだなすものだ！』

「後悔するぞ、成美！　そいつは、そいつは、悪のぬいぐるみなんだっ！」

『おまえらがなっちゃんに何の敵意もないというのなら、なら、平然としていればいいじゃないか。僕の光にあたって、それでおまえらが苦しむのなら、おまえらはなっちゃんにあだなすものだ！』

「後悔するわよ、成美！」

『去れ！　悪霊！　天地神明、天地、おひさま、そのすべての名において。なっちゃんにあだなすものを、僕は決して許さないっ！』

　くますけの後ろに。

　あたしも、くますけの後ろにいる、でも、そのあたしとはぶつからないような、くますけの後ろに。ふいに、小さなおひさまが出現する。そして、そのおひさまの光、どんどんぐんぐん強くなり——そして。

「……後悔するわよ……絶対、後悔するのよ……」

「……くますけが、くますけこそが、悪のぬいぐるみなんだ。悪霊なのは、悪いのは、くますけの方なんだ……」

　そして、そのおひさまの光を浴びると、それまでも辛《つら》そうだったパパとママ——ううん、おひさまの光でダメージを受けるんだから、やっぱりこれって、悪霊だったんだろうか？——、どんどん、ずんずん、溶けてゆく。溶けて、ぐずぐずになって、やがて塵《ちり》になって、そして……。

「…………なるみ、ちゃあん」

　そして。

　おひさまの光は、更に、更に強くなり、もう、あんまりまぶしすぎて、あたりはなあんにも見えない。そんな中で、ただ、こんな声だけが、かすかに聞こえる。

「………なるみ、ちゃあん」

裕子さんの声だ。

「……成美、ちゃあん」

あたりはどんどんまぶしくなって。まぶしくなって、もう目も開けていられなくなって、まぶしくなって、まぶしくなって……。

「成美ちゃん！　成美ちゃん！　成美ちゃん！」

あとは、何にも判らない……。

☆

「成美ちゃん！　成美ちゃん！　成美ちゃん！」

で、ふと気がつくと。

あたりは、もっの凄《すご》く、まぶしかった。目をあけた時、車のヘッドライトが、もろにあたしの目にあたっていたのだ。そして――あたしのことを、がくがくゆすっているのは――さっきからずっと、あたしの名前を呼んでいるのは――裕子さん。

「あ……裕子さん……」

「莫迦っ！」

ばっちん。

目をあけて、『あ、裕子さん』って言って……したら、その、次の瞬間。

ばっちんって、思いのほか強い力で、あたし、思いっきりほっぺたをひっぱたかれた。

「あ……え……」

「莫迦っ！」

一回、あたしのことをひっぱたくと。裕子さん、今度はあたしに抱きついて、「莫迦、莫迦」って言いながら、あたしのことをがくがくゆする。

「あれ……え……」

「莫迦、莫迦、莫迦、心配したじゃないの、莫迦」

裕子さん……泣いて、いる。ぽろぽろぽろぽろぽろ、涙が次々と裕子さんの目からあふれてきていて……。

「莫迦、莫迦、莫迦、莫迦、私がどんなに心配したか。莫迦、莫迦、成美ちゃん、一体何が不満だったの。一体どんな嫌《いや》なことがあったの。どうして家出なんかしちゃったのよ」

「あの……裕子さん……あの……その、ね、ごめんなさい、心配かけるつもりはなかったんだけれど……」

「何を冷静な声、出してるのよ！　莫迦、莫迦、一体何があったっていうの」

「あの、ね、あの……」

裕子さんの涙を見ていると。

不思議なことに、あたしの心の奥すみで、何か、凍っていたものが、溶け出したような気がしたのだ。凍っていた思い——凍っていた感情——あたし、あたし、裕子さんになら、ひょっとして、甘えてもいいのかも知れない……。

「あの……ごめんなさい……けど……裕子さんに万一のことがあったら困るって、そう思って……」

「私に万一のこと？　それ、どういう意味なの」

「あの……だから……パパとママが……ううん、あれはやっぱり、悪霊だったのよね、その、悪霊が、くますけは悪のぬいぐるみだって言って……くますけがいたら、いつか裕子さんも死ぬことになるって言って……だから、あたし、あたし、裕子さんのことは好きだから、裕子さんのことだけは絶対、絶対好きだから、あたしのせいで、あたしがいるからって、それで裕子さんが不幸になるのだけは絶対嫌だったから……だから、裕子さんの処から、出た方がいいなって思って……」

「成美ちゃん、意味が判らない」

「うん、ごめんなさい、言ってるあたしにも、何だかよく判らなくなっちゃった。けど、あたしがいるとね、くますけが悪のぬいぐるみだからね、裕子さんが……裕子さんが……あれ？」

あれ？　ぐっすん。

ここまでしゃべった処で。

ふいに、どうしてだか、あたしの涙腺《るいせん》、おかしくなってしまったのだ。

ぐっすんって一回、鼻をすすりあげ――次の瞬間から、何故かあたし、涙がとまらなくなってしまったのだ。

「あれ？　ひいっく、ごめんなさい、泣くつもりはないの、すんすん、全然ないのよ、ぐっすん。ひく、ひいっく、あのね、あのね、くますけがね、ぐすっ、えっと、えっと……ふ、ふわあ、わあ、わああああ」

どうして？　どうしてなんだろう？

あたし――あたし――その気もないのに、今は裕子さんに事情を説明しなくちゃいけないのに、なのに、どうしてだか、泣きだして――しまったのだ。泣きだして、それも思いっきり盛大に泣いて――ああ、泣いているせいで、まともなことが言えないじゃない。裕子さんに事情を説明できないじゃない。

けれど。

大いに盛大にぐっすんぐっすん泣きながら――それでもあたし、それでもちょっとは、幸せだったのだ。

何だろう、この感じ。何だろう、泣いていると、心の中から、心の隅《すみ》から、嫌なものが流れだしてゆくみたい。それは何だか、あたしが今まで知らなかった快感で――裕子さんに事情を説明しなきゃって思い、その快感の前では、何だかささいなことに思えてしまって……。

そして、そんなあたしに対して。

裕子さんは、なあんにも、言わなかった。

泣くなとも、何で泣くのとも、なあんにも。

ただ、盛大に泣いているあたしをぎゅっと抱きしめてくれて。

ほっぺたが、裕子さんのおっぱいにあたる。

柔らかい。

そんでもって、おっぱい、裕子さんの呼吸にあわせて、ゆっくり動いていたりするんだ。

その感触が――何だかとっても優しくって、だからあたしは、理屈になってないけどあたしは、またまた、どんどん、泣けてくる。体中の水分という水分が、全部涙になってしまったみたい。

……ママ。

あの、悪霊じゃない、生きていた頃の本当のママ。

ママは……あたしのことを、こういう風に抱いてくれたことがあったんだろうか？　うんと小さい頃には、あったのかも知れない。あったんだろう。あったんだと思いたい。けど、あたしの覚えている限りじゃ、ママがこうして、自分のおっぱいにおしつけるみたいにしてあたしを抱いてくれたことってなくって……。

「……ママ……」

泣きじゃくりながら、だから発音なんか全然明瞭《めいりょう》じゃなく、あたし、こう、呟《つぶや》いてみる。

……ママ……。

裕子さんがママだったらよかったのに。

あたし……あたし、裕子さんの子供で生まれたかった……。

☆

やがて。

しばらくの間わんわん泣いて、それからまたしばらく、ぐすぐす泣いて、あたしがやっと落ち着いて。落ち着くまでの間に、家出した理由なんかを何とか裕子さんに説明し終えると。

裕子さん、もう一回、あたしのことをぎゅっと抱き——それから、あたしの肩をつかんで、自分もアスファルトの上にぺたんって座りこんじゃって、あたしと同じ目の高さになって、あたしの目をまっすぐに見て。

「成美ちゃん、可哀想《かわいそう》に……。可哀想にね、あなたはなあんにも、悪く、ないの。くますけだって、なあんにも、悪く、ないの。幸代——ううん、あなたのママもあなたのパパも、悪霊なんかじゃないのよ、勿論《もちろん》」

　それから、またぎゅっとあたしの肩をつかみ、一回目をふせ、また、じっとあたしの目をみつめて。

「くますけは、悪のぬいぐるみなんかじゃない。だから成美ちゃんは、私のことを心配する必要なんて、まるでないの。それに、もう、悪霊におびやかされる心配も、しないでいいわ」

「……うん……くますけが、守ってくれるから……」

「ううん、くますけも関係ないの。……あなたが、たった一つのことさえ、認めればそれでいいのよ」

「……？」

「……これを認めるのは辛いことかも知れない。けれど……本当のことだから」

　認めるのが辛い——本当のこと。じゃ、やっぱりくますけ、パパとママを殺したのかしら？

「成美ちゃん。……あなたは、ママが……嫌《きら》いだったんだ」

「………」

「あなた、パパとママのことが、嫌いだったんだわね。好きじゃないっていうのよりもうちょっと強く、多分、ほんとに嫌いだったんでしょう」

「……でも……だって」

……違う、とは言えなかった。パパとママが好きだとは、これは、もっと、言えなかった。言えなかったけど……でも、だけど。

「でも、だって……そんなの、いけないことでしょう？　パパとママは、好きでなくっちゃいけなくて……だから……あたし……」

「それが多分、悪霊やゾンビの正体なんだと思うわ。成美ちゃん、あなたはパパとママが好きじゃなくて、だから、パパとママが死んだ時もあんまり哀《かな》しくなくて、それがいけないことだって本能的に思ってて……だから、不必要な罪悪感を持っちゃったのよ。そして、その罪悪感が、ゾンビになったり悪霊になったり……」

それがいけないことだって本能的に思ってて——。

そう。それは、いけないことなんだ。今あたし、裕子さんに言われてあたし、やっと判ったんだけれど、あたし、確かにずっとそう思っていた。『パパとママが好きじゃない』っていうのは、まだ言っても罰があたらないけど、でも、『パパとママが嫌い』っていうのは。これは、思っちゃ、いけないことなんだ。親子喧嘩して、激情にかられてつい言ってしまうならまだともかく、冷静に、パパとママが嫌いだなんて、これは、絶対、思っちゃいけないことなんだ。

どうしよう。

この時あたし、思わずぶるっと身震いしてしまった。

だって、ねえ、どうしよう。

あたしがパパとママを嫌いだって、多分この時、はっきり顔色にでてしまった筈で――いっくら裕子さんがいい人でも、けど、こんなことを一回でも思ってしまったあたしは、こんなことを一回でも思ってしまったあたしは、
そんなことを思っているって知られてしまったあたしは、きっと、もう、裕子さんに嫌われてしまったに違いないのだ。

と。

「莫迦ね」

裕子さん、何を思ったのか、ふいにあたしのことを、またぎゅっと抱きしめる。

「莫迦ね、成美ちゃん。……莫迦ね、莫迦ね、ほんとうにもう」

それから、裕子さん、またあたしの肩をつかみ、あたしの目をじっとみつめて。

「も一つ、教えてあげる。これも、本当のことよ。掛け値なしに本当のこと。……いーい、実の親でも、嫌って、いいの」

「…………」

「嫌いな人のことは、嫌っていいのよ。……成美ちゃん、あなたがパパとママのことを嫌いだって思った、それが本当のことならば――なら、あなたは、嫌っていいの。あなたはなあんにも悪くないの」

「でも……でも……」

「幸代はね、あなたのママは、大人の目から見ても、母親に向いていない人だった。だからね、それは、しょうがないことなの。成美ちゃんにはなあんにも悪い処はないの」

「……けど……でも……」

「もう一つ、おまけに教えてあげる。成美ちゃん、あなたは、私のことも嫌っていいのよ。晃一おじさんだって、嫌っていいの。安西のおばさんだって嫌っていいし、とにかく、世の中の嫌いな人、そのすべてを嫌っていいのよ。……ま、私としては、嫌われるのは哀しいけれど」

「だって……でも……勿論裕子さんのことは大好きだけど、でも、裕子さんを嫌っていいっていうのと、ママを嫌っていいっていうのは、話が」

「違わないの」

「でも、実の親子っていうのは……」

「親子っていうのは、特別なものよね」

だから。だから、あたし、ママのことを嫌っちゃいけないんじゃない。そう思って裕子さんの顔を見ると、裕子さん、何故かにっこりと微笑《ほほえ》んで。

「親子っていうのは、特別なものなのよ。……だから、幸代は、あなたのママは、絶対、絶対、あなたのことを嫌っちゃいけないの。あなたのパパだってそうよ。親が、子供を嫌う権利は、少なくとも子供が小さい時には、ないのよ」

「でも、それは、親の側だけの事情。子供は、親を、嫌っていいの」

「………」

「ねえ、成美ちゃん。いい加減、呪縛《じゅばく》から解放されなさいな。あなたは、ママが、嫌いだった。それは哀しいことだけど、それはない方がいいことだけど、でも、実際にそうだったんだから、仕方ない」

「………」

「子供っていうのはね、特別な権利をもって生まれるのよ。親から無条件に愛される、この世の中で子供だけが持っている、ほんとに特別な権利を。だから、成美ちゃん、あなたはその上にあぐらをかいていればよかったの。パパやママから愛されるのはあたり前、でも、自分はパパやママのことを嫌っていいっていう、特別な権利の上に、ね」

「………」

「まだ判らない？　じゃ、くますけのお話をしようか」

「……え……くますけ……」

そう言えば。あの時、悪霊《あくりょう》の前にたちはだかって、あたしを守ってくれたくますけ、今はまた、動けない、生きていないぬいぐるみのふりをして、あたしの脇《わき》の道路に寝ていた。そして、あたし、おずおずとくますけを抱きあげる。

「そう、くますけ。……例えば、よ、例えば仮に、何かの事情があって、成美ちゃんがくますけを嫌いになったとして」

「なる訳ない」

「ああ、うん、なる訳ないでしょう。だから、仮定の話よ、これは。仮に、成美ちゃんが、何かの誤解でからとか、わがままで、くますけのことを嫌いになったとしても——それで、くますけが、成美ちゃんのことを嫌いになるって、思える？」

ぶんぶんぶん。

裕子さんが、何かあまりにも思いもかけないことを言ったので、あたし、一瞬きょとんとし、それから何回も首をふる。だって……だって、世の中にもしどんな理不尽なことがあるにしても、くますけがあたしのことを嫌いになるだなんて、とても、とっても、思えなかったから。そんなこと、想像だにできなかったから。

「ね？　でしょ？　くますけが成美ちゃんのことを嫌いになるだなんて、あり得る話じゃないわよね」

こっくん。

「おんなじことなの。……くますけはねえ、多分、自分のことを無条件に愛してくれる正しいパパとママにめぐまれなかった成美ちゃんがみつけてしまった、成美ちゃん専用のパパとママなの」

……くますけが……パパとママ？

「そう。成美ちゃんは、どんな状態になったって、どんな局面においこまれたって、くますけが自分のことを嫌うだなんて絶対、絶対、思わないでしょう。パパとママってね、そういうものなの。どんな状態になったって、絶対子供のことを嫌わないものなのよ」

…………。

「子供はね、どんな子でも、生まれた時には、そういう愛情にめぐまれる資格と権利があるの。だからね、子供の成美ちゃんは、でえんと甘えてしまっていいのよ。くますけは、あなたのことをどんなに愛していても、でも、あなたに自分のことを愛するように、決して、決して、強制しないでしょ？　ううん、むしろ、成美ちゃんがくますけに構わない方が成美ちゃんの為になるなら、自分のことを見捨ててくれってだって、主張すると思う」

「……うん」

「パパとママってね、本来そういうものなのよ。だから……繰り返すわよ、何度でも言うわよ、成美ちゃん、あなたがママを嫌いでも、それはしょうがないことだったの。それのせいで、自分を責める必要は、少なくとも子供でいる間は、あなたにないのよ」

……裕子さんの言う言葉。その内容。

実の処、そのほとんどが、あたしには、よく、判らなかった。

けれど、言っていることが判らなくても、言葉の意味が判らなくても——ただ、一つ、何となく、判る。

もし、くますけが、パパとママなら。

くますけが、パパとママと同じものなら。

……あたし……あたし……ママより、パパより、くますけの方を好きでも、くますけこそが好きでも……けど、それって……いけないことじゃ、ないのかしら？

「ねえ、成美ちゃん。だからあなたは、もう、ゾンビにも悪霊にも悩まされる必要はないのよ。いい加減、ママの幻影から解放されてもいいじゃない」

「…………」

「くますけだって、悪のぬいぐるみじゃ、勿論ないし、あなたは、もう、自由に生きていいの。……そりゃ、私の処にいるのが嫌で、安西さんの家に行きたいっていうのなら、私、それをとめることはできない。成美ちゃんが本当にそうしたいなら、私、笑ってそれを許すしか、ない。けれど、もし、私に対する気づかいが理由で、あなたが安西さん家《ち》に行くのなら、私、断固としてそれを阻止してみせるわ」

「…………」

「何度でも言うわね、嫌いな人は、嫌っていいの。たとえそれが、実の親でも。……ああ、こんなこと言っちゃうと、墓穴を掘るかな」

「？」

「あのね、私は……成美ちゃん、あなたさえ嫌じゃなきゃ、あなたをうちの子にしたいって、ずっと、ずっと、思っているの。今だって、思っている。……そんなあなたにこんなこと言っちゃうと……もし、将来、あなたがうちの子になってくれた場合、私や、晃一おじさんには、あなたを嫌う権利はないのに、あなたには私達を嫌う権利があるって、よりによって私が教えてしまったってことになっちゃう」

「……あの……今、でも……？」

おずっ。

おずおずより、もうちょっと、おずおずして。だから、『おず』って感じで。あたし、裕子さんに、こう聞いてみる。

「あん？　今でもって？」

「あの……今でも、あたしのこと、裕子さんの子になって欲しいって……ほんのちょっとでも、思ってる？」

「成美ちゃんあなた、何聞いてたの。今でもも何も、私はずっと」

「ほんっとに？」

「ほんとに」

「あたしはママのことを嫌うような子なのに？」

「……だから、それは今言ったでしょうが。嫌いな人を嫌いなのは、しょうがないって」

「ほんとにほんっとに？　ほんっとにほんとに、そう、思って、る？」

「そう思ってる」

「……あたしには……くますけが、いるのに？　あたしは、ぬいぐるみを手放せない、どうしようもない子なのに？」

「くどい」

裕子さん。

こう言うと、ふと、手を、自分の背後にまわす。そして、背後から、茶トラの、随分古びて年代色のついた、猫《ねこ》のぬいぐるみをひっぱりだして。

『くどい』

その猫のぬいぐるみ、裕子さんの声でしゃべったりするのだ。

「え……あの、あなたは？」

あたし。思いもかけない展開に驚いて、ついつい、裕子さんのことはおいといて、そのぬいぐるみの方と会話をしてしまう。

『僕は、なんなん。ゆっこちゃんのぬいぐるみさっ』

なんなん。いとも自慢気に、裕子さんの声で、こう言う。

『くますけがいて、だから何だっていうんだ。くますけがいて、見守ってくれてるから、成美ちゃんは無事でここにいるんだろ？　だとしたら、それのどこがいけないんだ』

ぬいぐるみのなんなんにこういわれると……それって説得力が充分すぎて……あたし、もう、なんにも言えない。

『僕は、ゆっこちゃんを守る、ぬいぐるみだ。くますけは、成美ちゃんを守るぬいぐるみなんだろう。……で？　それにどんな不都合があるっていうの？』

「……それに……それにね、なんなんは、私が小さかった頃《ころ》から、自然になんなんを手放せるようになるまで、私の、この世の中でいっちばん大切な、何より大切なお友達だったのよ。……えーと、それにね……これは晃一おじさんには絶対内緒ね、実は私、今でも晃一おじさんより、なんなんの方が大切なのよ。最後の最後、ほんっとに私に何かあった時、私を守ってくれるのはなんなんだって、今でも信じてる」

「あはっ」

「だとしたら、こんな私が、成美ちゃんがくますけを持っているからっていって、それをいけないことだと思うと思う？　……そりゃ……時には、くますけばっかりが成美ちゃんと仲良くってって、くますけのこと、嫉妬《しっと》しちゃうかもしれないけれど」

「あは……えと、ええと」

『ゆっこちゃんはさ、成美ちゃんに家にいて欲しいって思っているんだ。それはほんとに思っているんだ。だから、成美ちゃん、僕のゆっこちゃんの為にも、あの家にいてくれないかなあ』

こんななんなんの台詞を聞いていると。

それまでのこと、すべてが、何となく判るような気がするんだ。

くますけを、何の違和感もなく受け入れてくれた裕子さんのこと。

くますけに、きちんと御飯をあげてくれた、裕子さんのこと。

そうかー。裕子さんには、なんなんっていうぬいぐるみがいたのかあ。

くんっ。

くますけのにおいを、かいでみる。

するとくますけ、声にださずに、あたしにだけ判る、においの信号で。

……なんなんのことは、信じていいよ。なんなんがちゃんとしたぬいぐるみだって、僕が確認しているから。

こんなことをあたしに言ってくれたのだ。そしてまた。

……もしよかったら、なっちゃん、帰ろう、裕子さんの家に。どんな家でも大丈夫、なっちゃんのことは、僕が、絶対、絶対、絶対、守ってあげるから、さ。

「それから……成美ちゃん、繰り返しになるけど、しつこいけど、でも、もう一回言うわ。あなたがママのことを嫌いだったとしても、それってしょうがないことだったのよ。あなたはなあんにも悪くない、くますけだって、悪のぬいぐるみじゃ、ない」

リン、ゴーン。

この時。

リン、ゴーン。

どこかで、響く、鐘の音を。遠く、かすかに、結婚式の、教会の、お寺の——何ていうのか、宗教的な、鐘の音を。

リン、ゴーン。

ゾンビから、悪霊から、パパからママから、あたしのことを解放してくれる、鐘の音を。

「それと……これは、今は、判らなくていい。……けど、大きくなったら、判ってあげてね。……けど、それでも、幸代はね、あなたのママは……あなたにとって、ゾンビや悪霊になってしまった人かも知れないけれど、あなたのことを苦しめた人なのかも知れないけれど……でも、けど、それでも、きっと……成美ちゃん、あなたのことが、好きだったのよ。間違いない、幸代はね、あなたのことを、愛していたのよ」

リン、ゴーン。ゴーン。ゴーン。ゴーン……。

☆

で、さて、それから。

この時のことは、それからあとが、それなりに結構大変だったんだよね。

あのあと。

あたしと裕子さんと、くますけとなんなんは、ゆっくりと家まで歩いて帰り、それまで何の成果もなく、ひたすらあっちこっちを歩きまわって、くたびれ果ててしまった晃一おじさんに、家で、ばったり、出会うことになる。

「こ……こ……こ……、この、この、ばっかやろーっ！」

でもって。あたしは、あやうく、晃一おじさんに殴られそうになったのだ。おじさんったら、何かとってもあたしのことを心配していてくれたらしくて、目は血走ってるわ、一体どこにもぐりこんだのか、手足にはすり傷の跡があったりするわ……この辺の処はね、思い返すだに、申し訳ない。

「ばかものっ！　なるみっ！」

この時。晃一おじさん、初めてあたしのことを、『成美ちゃん』じゃなくて、『成美』って呼んだ。おまけに、そう呼んでくれた時にはすでに、あたしを殴る為に右腕がバックスイングをとっていて――。

「どっ！」

それから。晃一おじさん、これだけ言うと、そのまんま、わざとあたしの手前の空間を、力の限り平手で打って、そして、あたしの肩をつかむ。それはもう、痛いような力で。

「ど！　ど！」

「あなた。『ど』、じゃ、訳が判らないってば」

「ど、ど、ど、どれだけ心配したと思ってるんだ！　えーい、裕子、離せ！　俺はこの莫迦者を殴るぞ！　離せったら離せ！　殴ってやるったら殴ってやるんだ」

って、こんなことを言ってる晃一おじさんの手、実は裕子さん、つかんでも何でもいないんだ。晃一おじさん——何かこの時は、興奮の余りか、実際どっかに手がひっかかっていたのか、それともそういうことふくめて全部ポーズだったのか、手が動かないふりをしてくれ——そして、あたし、晃一おじさんに殴られずにすんだ。

「莫迦者！　莫迦やろおっ！」

そして、しばらくして、晃一おじさんが落ち着いて、その間、晃一おじさんと裕子さん、何やらこっそり相談みたいなことをして……結局、晃一おじさん、あたしにとある罰を加えることで、あたしのことを許してくれる気になったみたい。

「いーかー、成美っ！　俺は裕子と違って甘くないからなっ！」

晃一おじさん、こんなことを言いながら、あたしを無理矢理、あたしの部屋におしこめる。

「おまえが罰を受け入れるまでの間、この部屋から出してやらんからなっ！」

……あたしの、罰。

パパとママのことについて、本当に心の整理がついたら――そうしたら、呼ぶこと。

裕子さんのことを、ママって。

晃一おじさんのことを、パパって。

「心の整理がつかないなら、それはしょうがない。それは、待つ」

あたしを部屋に閉じ込めたあと、ドアの外で、晃一おじさんは、こう言った。

「それはしょうがないことだし……それは、せかせたくは、ない。けど……いつかは、言うんだぞ、成美。一年後か、二年後か、いつかは」

そして――そして――あたしの心の整理は。実は、さっきまでの間に、あの、リン、ゴーンって鐘がなるまでの間に、しっかりついていて……。

☆

次の日から。

この世の中に、裕子さんって人と、晃一おじさんって人は、いなくなった。

……あたしには……あたしには……パパと、ママが……できた……。

# ENDING

……くすくす。

くすくすくすくす。

笑い声がする。どこからともなく。

くすくす。

くすくすくすくす。

そして……。

☆

ここは、成美の部屋。

成美の部屋の、南向きの出窓。その出窓の部分に、くますけと、なんなんが、並んで座っている。おひさまの光を、思うさまたっぷり浴びられる処《ところ》に、くますけと、なんなん。

そして、出窓の脇《わき》には、成美の勉強机があって——今、成美は、机にむかって、算数の宿題をやっている処。

「くますけ、なんなん、今、笑った？」

算数の宿題をやりながら。成美、ふと、どこかで笑い声を聞いたような気がして、出窓のくますけとなんなんの方を向く。でも、くますけも、なんなんも、黙りこくって、動かないぬいぐるみのふりをして、成美の質問に答えようとしない。

「……まっ、いっか。これで宿題も終ったことだし」

成美、ぱたんと算数のドリルを閉じる。それから、ほんの一瞬の間だけ、『予習って奴《やつ》をしとこーかなー』って思い、あっという間にその思いを心から振り払う。だって、予習なんて、予習なんて、宿題をすませたあとで、よっぽど暇がある人だけがすることなんだわ。この後、きっとすぐに夕飯だろうし、夕飯が終れば、成美はパパとママと水道管ゲームをして遊ぶことになってる。ほんとのこと言えば、水道管ゲームより神経衰弱の方が成美の好みだけど、けど、大好きって訳じゃないゲームでも、ゲームの約束があるのに予習をする人って、成美、想像もできない。

「成美いーっ！　あなたーっ！　御飯、よおーっ！」

と、その途端。遠くでママがこう叫ぶ。ママったら、ママったら、ドアの前まで来ればいいのに。あるいは、それが面倒だったら、家の中にインターホンでもつければいいのに。女の人があああいう風に叫ぶのって、ちょっと、何だか、みっともないぞお。

「じゃ、御飯だから。くますけ、チュ。なんなん、チュ」

成美、くますけとなんなんに軽くキスすると、そのまんま、部屋を出る。ああ、このにおいだと、今日の御飯はカレーだな、なんて思いながら。

もう、成美、御飯の時に、くますけを抱いていったりしない。ううん、それだけじゃない。余程大切な時以外、くますけがいなくても、成美、何とか生活に適応できるようになっているのだ。

だって。

たとえどんなことがあっても。どんな辛《つら》い、どんな嫌《いや》なことがあっても、今の成美には、家に帰りさえすれば、必ずくますけがいてくれるから。その上、なんなんまで、いてくれるから。

家に帰ればくますけがいる。なんなんもいる。それに、もし、どうしても一人でゆくのが嫌な処なら、くますけやなんなんを連れていっても、もう、誰も成美のことを怒らない。

そう確信することさえできれば。大抵のことは、くますけがいなくても、我慢できた。そして……そして、不思議なことに、あれ程成美のことをこばんでいた、あれ程成美のことを異常だって言ってきた世間ってもの、成美がくますけさえ連れて歩かなくなると、あっという間に、成美のことを、受け入れてくれたのだった。

「今日は水道管ゲームの日だから、だから明日は神経衰弱やってくれる筈《はず》だよなー」

とんとんとん、と階段を下りながら。成美、そんなことを思って、くすって笑う。

実は。神経衰弱は、パパが、とっても、駄目《だめ》なのだ。とっても、とっても、苦手なんだそう。故《ゆえ》にゲームのローテーション決めて、あんまり神経衰弱ばっかりしないで済むようにしているんだけれど——けど。

明日は神経衰弱の日だもんね。

パパの神経、思いっきり、衰弱させちゃおうっと。

☆

……くすくすくす。くすくす、くすくす……。


で、さて。

成美のいなくなった、成美の部屋で。

南向きの、おひさまの光が実に贅沢《ぜいたく》にあたる、出窓の処で。

くすくす、くすくす、なんなんとくますけが笑っていた。

くすくす、くすくす……ああ、僕のなっちゃんが、現実に適応できて、ほんっとによかった。

『いい子だね、成美ちゃんは』

成美がいなくなった処で、だあれもいなくなった処で、ふいになんなんが、こんなことを言う。

『あたり前です。僕の大切な子供ですもん、なっちゃんはいい子です』

で、こう、受けたのがくますけ。

『僕も、成美ちゃんのことが好きになりそうだよ』

『どうぞ、なんなん、好きになって下さい。なっちゃんは、いい子です』

『うん。……けど、おまえさんは、やりすぎたんじゃ、ないかい？』

『え……えと？』

『葉子ちゃんって子が、事故にあった。……ありゃ、おまえさんのせいなんだろ？』

『……ええ、葉子ちゃんは、なっちゃんに酷《ひど》いことをしました。ええ、ほんとに酷いことをしたんです。……実の処、ちょっとした事故にあわせるくらいで、許していいのかって、僕は疑問ですね』

『……おまけにおまえさん、成美ちゃんの両親も殺したね？』

『あの親は、いない方がずっと、なっちゃんの為《ため》だからです』

『そりゃ、おまえさんの理屈だろうが』

『誰の理屈でも、こうなると思いますね、僕は』

『……ま……その辺の処は、人により、ぬいぐるみにより、解釈も違うだろうしね』

なんなん、こう言うと、しばらくの間、じっと、くますけのことを眺《なが》める。そして。

『ゆっこちゃんを……おまえが殺そうって思わないこと、それだけを僕は祈っているよ』

『まさか、そんなことはありませんって。裕子さんは、なっちゃんにとって、とっても理想的な母親です。そんな大切な人を、僕がどうこうする訳はないでしょ？』

『今の処は、ね』

『ええまあ……今の処は』

そして。

なんなんとくますけの間で、火花が、もろに、散ったりする。

『たった一つ、覚えておきな。僕は、ゆっこちゃんが幸せになる為に生を享《う》けたぬいぐるみだ。故に、僕のゆっこちゃんにあだなすものを、僕は、決して、許さない』

『おんなじことを、僕も、言いますね。僕は、なっちゃんが幸せになる為に生を享けたぬいぐるみです。なっちゃんの幸せの為なら、どんなことだってしてします』

ばちばちばち。

再び、なんなんとくますけの間の空気、軽く緊張をはらむ。が、それはほんのちょっとの間のこと。やがて、なんなんもくますけもにっこり笑って。

『まあ、今から仮定のことを心配したって、しょうがないやな』

『まあ、そうですね』

南向きの、出窓。おひさまの光をたっぷりあびて、くますけとなんなん。

『それに大体、普通のぬいぐるみは、いくら子供が大切でも、そうそう人を殺して歩かないわな』

『そりゃ、そうですよ。何も僕だって人殺すのが趣味って訳じゃないんですから……今回のケースは、特別です。いくら何でも、親が悪すぎた。あれはもう……僕が人を殺したんじゃなくて、一種の緊急避難ですよ』

ただ、一見、今はすっかり立ち直っているように見えるけれど、実はとんでもなくナイーブでデリケートな成美のことを考えると……この先、再び緊急避難をしないで済むって言いきれないあたりが、ほんのちょっと、くますけ、不安なのだが。

『ああ、それはそうと──遅くなりましたけれど、いつぞやはどうもありがとうございました』

『いつぞや──ああ、ゆっこちゃんに成美ちゃんをむかえに行かせた件ね。ありゃ、お礼にはおよばない。僕はあれ、僕のゆっこちゃんの為にやったんだから』

『ええ、それはそうでしょうけれど、でも、それと感謝は別です。本当にどうもありがとうございました』

そう──いつぞや、成美がついに決心して家出を決行した晩。あの時、くますけが落ち着いていられたのは、ひとえに、なんなんと連絡がついたからだ。なんなんと連絡がつき、たとえ家出の真似事《まねごと》をしても、必ずやなんなんに導かれた裕子がすぐむかえに来てくれるって確信できて、それでやっと、くますけ、成美の家出を認めることができたのだ。

その時のことを思いだすと。

くますけ、今でもふっと、なんなんのことが怖くなる。くますけは自分でも、成美とはとてもうまくいっている方だ、自分は力のあるぬいぐるみだって思っているのだが、そのくますけにも、眠っている成美を起こしたり、ある程度はなれた処にいる成美をああも適確に動かせるっていう自信はない。ところがなんなんは、長年、ダンボールに封印されたまま、それをやってのけたのだ。

だから。それを思うと、とてもありがたいし、とても心強いし――ちょっと、怖い。

なんなんが成美を気にいって、成美を守ってくれる気になったのなら、これ程心強い味方はまたといないが、万一なんなんが……。

と。

『くすっ』

そんなくますけの様子を見て。何を思ったのかなんなん、ふいにくすっと笑って。

『大丈夫だよ、くますけ。今から仮定のことを心配したってはじまらないって、先刻結論をだしたばっかりじゃないか』

『あ……ええ、そうですね。そうでした』

『僕は成美ちゃんを守ってあげるよ。僕の力のおよぶ限りね。成美ちゃんが、僕の大事なゆっこちゃんの、大切な子供でいる限りは』

『ええ、お願いしますね』

と、その時。

ドアの外で、人の気配。

その瞬間、くますけもなんなんも、ぱっと体から生命力を抜いて——。

カチャ。

ドアがあく。

成美が部屋へ入ってくると、机の上をちょっとひっかきまわして、

「ああ、あった、父母会のプリント。あやうく忘れる処だった」

紙切れを一枚、机の上からとりあげると、それから成美、思い出したようにくますけを手に取り、くますけに自分の顔をおしあてて。

「くますけ、しっかりおひさまのにおいになってるね」

こんな時。

くますけの心は、幸福で一杯になる。

何をおいても成美だけは守ってあげたい。しあわせにしてあげたい。そんな思い一色で、くますけの心、染めあげられる。

それから成美、またくますけを出窓へもどして。
去ってゆく成美のうしろ姿を見送りながら。

ああ、なっちゃん。

くますけ、心全体で思うのだ。

きっと、しあわせにしてあげる。
天地かけて、しあわせにしてあげる。
いつまでも——いつまでも、僕達は一緒だ。たとえ僕が、なんなんみたいにダンボールに封印されることがあったとしても、でも、心は、心だけは、いつまでも一緒だ。
大好きだよ、なっちゃん。
必ず、しあわせにしてあげるからね。

必ず、僕が守ってあげるからね。

必ず、必ず。

たとえ何をしても。
どんなことがあっても——。

〈Fin〉

# あとがき

あとがきであります。

これは私の二十四冊目の本にあたりまして、平成二年から三年にかけて『ネオファンタジー』という雑誌で連載させていただいたものです。

☆

えー、さて。

私、スティーヴン・キングが好きなんですよね。それで、彼の『呪《のろ》われた町』が映画になった時、わざわざ劇場まで見にいったのでした。この映画のできについては……えーと、私、そう映画をよく見るって方でもないし、特に何もいいませんけれど、中で一箇所、あそうかって納得した処《ところ》があったのでした。

えーとね、ある家で、吸血鬼と牧師さん（ん？　神父さん、かな。私、キリスト教徒じゃないんで、この二つの区別ってよくつかないんだ）が対決するんですけれど、この時吸血鬼、その家の子供を人質にとってしまうんですね。で、『子供を放せ』っていう牧師さんに対し、『それなら十字架を捨てろ、信仰だけで対決してみろ』って吸血鬼が言うの。深く納得しました。

そーかー、吸血鬼がほんとに弱いのは、十字架とか聖水なんていうアイテムじゃなくって、きちんとした信仰、それ自体だったんだよな、そう言えばって。（……これ……落ち着いて考えてみれば当然のことなんですけれど、信仰ってものをまるで持っていない日本人の私、こう言われるまで、何となく信仰って思いつけなかったんです。）

で、その時同時に、何かとんでもなく莫迦《ばか》なことを考えちゃって。

仮に今、自分の家に吸血鬼が侵入してきたとして……その場合、私、どうなるかなって。私の場合、キリスト教に対する信仰ってまったくありませんから、多分、十字架って、あんまり、きかないんじゃないかな。かといって、仏教徒でもないので、数珠《じゅず》もって念仏となえるって訳にもいかないし。神道《しんとう》も、信じてるって訳じゃないから……うーん、神道の場合、そもそもこういう時はどうするんだろう？　まさか、吸血鬼に注連縄《しめなわ》はるって訳にもいかないだろうし。

まあ、それはおいといて、とにかく私はどうなるのか。信仰を持っていないから、哀れ吸血鬼の犠牲になってしまうのか。

けど、この時何故《なぜ》か、私、自信をもって首を横にふれました。

うんにゃ。家に吸血鬼が侵入してきたのなら大丈夫、どんな信仰も持っていなくても、必ずうちのぬいぐるみが、私のことを守ってくれる。これについては、自信がありました。で、そこまで考えると。そのことから導かれる考えって――この場合、私にとってのぬいぐるみって、宗教なんじゃないかなってこと。うん、自信を持って、『ぬいぐるみが私を守ってくれる』って断言できるんだもの、その点にかんして私はぬいぐるみのことを信じているんだもの、これって、立派に、宗教じゃないでしょうか。

うーん、今までは私、自分のことを無宗教だって思っていたんだけれど、そうか、私は『ぬいぐるみ』教徒だったんだ。

映画館の椅子《いす》の上で、私、しみじみと納得してしまったのでした。

☆

えっと、前の段落をお読みになれば、ほとんどどこんなことお判《わか》りでしょうが、私は、ぬいぐるみが大好きです。これはもう、どっちかっていうと『病的』って言えるくらい、好き。何せ自宅が、『御近所の名物・ぬいぐるみ屋敷』になっているくらいだもの。（一軒の家の中にぬいぐるみが四百もいれば、そうなりますね。）

その上、これはどうしてなんだか、私、今でも本気で、『ぬいぐるみって一見生きていないように見えるけれど、実は生き物で、だから個性もあれば感情もあり、ついでに、ぬいぐるみパワーとでもいうような一種独特の力も持っていて、持ち主に何かがあれば、きっとぬいぐるみが守ってくれる』って思っているんです。(……ま……常時四百対《つい》のつぶらなぬいぐるみの瞳《ひとみ》に囲まれていれば、そう思うようになるのも当然って気も、しますね。……実際、結婚前は特にぬいぐるみが好きだって訳でもなかったうちの旦那《だんな》は、今では私以上のぬいぐるみ好きになっていますし、以上のことは、旦那だって信じているんだし。)

それから私、ホラーって結構好きなんですよね。いつか書いてみたいなって、ずっと思っていましたし。

で。そんな私が、「そーかー、ぬいぐるみっていうのは宗教だ」って思っちゃったら、次に考えることって、も、決まったようなもんです。

ぬいぐるみホラーを書いてみよう。

――と、まあ、こんな経緯で、大体このお話の輪郭ができあがった訳でした。(と、まあ、ここまでは話は簡単なのですが……これがきちんと〝怖い〟話になっているかどうか、そこはちょっと謎《なぞ》ですね……。私、今までに何回かホラーを書きたいなって思ってお話書いたことがあるんですが、どうも何かその、怖い話とは、微妙に違う話になっちゃって……。)

☆

もっとも。最初に考えていたぬいぐるみホラーって、このお話とは全然違うものなんですけどね。

最初に考えたのは、こんなものです。

『ある家に、夫婦と十歳くらいの女の子が引っ越してくる。その家は、大きくて古くて、何かあやしいものの潜んでいる気配がする。女の子はすぐにそれを察して、引っ越そうよって親に言うんだけれど、親は当然、子供のそんな訴えをとりあげたりしない。（それにまたその子は、十歳になってもお気にいりのぬいぐるみを絶対手から放さない子なので、その件についても親ともめていて、親はもともとその子のいうことを半分も真面目《まじめ》に聞いていない。まして、ぬいぐるみが引っ越そうって主張してるって聞くと、余計、真面目に聞かなくなる。）

家の中のあやしいものは、まず、女の子に触手をのばしてくる。女の子は必死になって、家の中の気配から逃げるんだけれど、徐々に、徐々に、あやしいもの、女の子にとりついていって……。』

ここまではね、まあ、問題ないんですけれど。このストーリー、ラストで挫折《ざせつ》しました。お話の構成からいって、ラスト、ほんとに女の子が危機に陥った時、あやしいものと対決して女の子を守ってくれるのはぬいぐるみってことになるんですけれど……さて、それを、どうやって書いたらいいのか、それがどうしても判らなくて。

十字架とかね、聖水だったら、まあ、だしただけで厳《おごそ》かっていうか、何か雰囲気《ふんいき》、ありますよね。けど……ぬいぐるみをかかげるっていうのは……うーん、イメージが。ぬいぐるみが自力で立ち上がって女の子を守る。ぬいぐるみが戦う。……あのぽよぽよの手で、どうやって？

ぬいぐるみが巨大化する。これは、避けたい。これじゃ、ギャグです。

ついに、化け物と、巨大化したラッコのぬいぐるみが戦う、それも、ラッコのぬいぐるみが、ぬいぐるみの貝を化け物にぶっつけて戦うっていう夢をみまして、その余りの莫迦々しさに、最初に考えたストーリーはやめになりました。（せめて龍《りゅう》のぬいぐるみだったら……やっぱり格好がつかないだろうなあ……。）

☆

ところで。このお話にでてくる、くますけっていうぬいぐるみですが。

これ、確かに『くますけ』って名前をつけたのは私だし、親戚《しんせき》のおばさんなんかも『熊《くま》』って言っているんですけど——でも、最初、私がイメージしてたのは、実は犬のぬいぐるみでした。茶色い犬で、顔がちょっと熊みたいなんで、何となく熊かな犬かなって迷うような。（……要するに、私の初めてのぬいぐるみ、わんわんっていうのが、そういう形態の犬なんです。）

ところが。連載の一回目を書き終えたある朝、私が起きてリビングへいってみると、家中の熊のぬいぐるみが、リビングの私が座る場所を囲んで待っていていてくれたんですね。多分、私をはげましてくれる為《ため》に。（夜中に旦那が連れてきてくれたらしい。）

こうなると。今更、あれは名前がくますけで、実際は犬だなんて、とても熊達に言えなくなってしまって……。（ああ今も、もーすけ君っていう名前の熊が、じっと脇《わき》で私のことを見ている……。）

二回目からは、開きなおって、完全に『熊』だってことにして書きました。

☆

それでは。最後に、お礼を書いて、あとがき、おしまいにしようと思います。

まず、当時大陸書房にいらっしゃった新野さんに。このお話のタイトル、なかなかいいのが思いつけなくって、結局、新野さんに考えていただいちゃいました。どうもありがとうございました。

それから、この本を作ってくださった、森さんに。どうもありがとうございました。

あと、ちょっと個人的な話ですが、私の、わんわんと、そして、熊達に。いつもどうもありがとう♡

そして、最後に。この本を読んでくださったみなさまに。

読んでくださって、どうもありがとうございました。気にいっていただけると、嬉《うれ》しいのですが。

そして、もし。もし気にいっていただけたとして。

もしも御縁がありましたなら、いつの日か、また、お目にかかりましょう――。

平成三年九月

新井素子

# 中公文庫版へのあとがき

　あとがきであります。

　と、ここで普段なら。このお話が本になった最初の発行年月日だの、連載の場合掲載誌だの、どういう経緯でこれが本になったかだの、そんなデータが挟まるのですが、今回は、それ、なし。

　というのは、この本には、最初のあとがきがそのままこの前にはいっているから。

　えー、私は、人に〝あとがき作家〟って言われるくらい、とにかくあとがきを書いて書いて書きまくる（自分の本が、判型が変わった場合、出版社が変わった場合、とにかく新しい版ででることになったら、そのすべてに必ず新しいあとがきを書いてます。書かずにはいられません）作家なので、こういう事態は珍しいのですが。

　最初のあとがきが残ってしまったのは……何故か、私も編集の方も、このあとがきが結構好きで、「これ、残しとこーかー」って話になったから、ですね。それに、うん、同じ本のあとがきを、三回も四回も書くと、どうしたって、内容が重複してしまう可能性がある。私としては、それは避けたいので、毎回できるだけ違う話を書いているんだけれど、とにかくあとがきごとに違うエピソードをできるだけ展開するようにしているんだけれど、これやってると、どうしても、後に行けば行く程、最初のニュアンスがどっかいっちゃうのね。どうしてこのお話を書いたのか、私にとってこのお話がどんなものであるのか、そりゃ、一番よくそれが判るのは、最初の〝あとがき〟に決まってる。

と、いう訳で、一番最初のあとがきを残し、更に今、新しいあとがきを書いております。

(それが、これ。)

☆

今回。

このお話のゲラに手をいれつつ、つくづく、しみじみ、思ったこと。

ああ。

私は……ほんっとに、ぬいぐるみが、好きなんだよなあ……。

いや。

今更思うなそんなことっていうか、こんな話を書いといて、それで思うことがそれかいっていうか、自分の思いながらつっこみ処満載なんですけど、けど、こうとしか、言いようがない。

……はふ。ため息。

……えー……わが事ながら……その……うーんと……。

前のあとがきには、『うちには四百を超えるぬいぐるみがいて、只今の我が家は、殆ど、ご町内の名物・ぬいぐるみ屋敷になっている』ってな意味の、文章が、あったと思います。

ふええ。この時代は、四百、か。

只今は。

桁が……違うんだよな。しかも、その桁の最初にある数字は、間違いなく、一、ではない。（多分二でもないと思う。三でもないような気がする。）

勿論、これは、あの当時四百いたぬいぐるみが、何故か只今何十いくつって数になってしまったという意味ではありません。ぬいというのは、増えることがあっても、減ることはないものなんです。この現象を、私のまわりのぬい愛好家達は、〝ぬいはぬいを呼ぶ〟と呼んでおります。（まあでも、普通の生物は、何かのクライシスがない限り、普通、そうだよね。）

んで……今の私は、『くますけ……』を書いた時の私からすると、許せない事態に陥っちゃってる。年もとったし、ぬいの数が数だし……うわあああ、ぬいの名前を、ど忘れしちゃうことがあるんだよお。いや、ど忘れならまだ許される、場合によっては、完全に忘れてしまうっていうケースも……。(自分のぬいの名前を忘れるだなんて！ こんなの、許される話ではない。許される話ではないんだけれど、ごめんよー、二十代の頃に較べると、記憶力が格段になくなっているのを感じるし、こんだけの数がいると、同種やまったく同一のぬいが一杯いることになっちゃって、時々区別が……。特に、二匹そろってやってきたペアで、〝さくら〟と〝たちばな〟なんて名前をつけたとするじゃない、これ、うちに来た時には、どっちが〝さくら〟でどっちが〝たちばな〟か、とっても明確だったのに、久方ぶりにお話ししようとすると、「あれ、君はさくらだったっけか、それとも君がたちばなか？」ってなことになるケースが多々……。)

私と結婚したせいで、私と同程度のぬい好きになってしまったうちの旦那も同じ症状に悩まされておりまして、去年のクリスマス。デジカメが欲しいっていう旦那に、それをプレゼントした処、旦那は三脚を自分で買ってきまして……只今我が家では、旦那の休日に、ぬいの個別撮影をしております。

三脚で、アングルを固定して、同じバックでぬい一匹ずつの写真を撮る。私は、小さなカードを一杯つくって、そのカードにその子の名前を書いて、たとえば、「わにわに」ってカードと一緒に、わにわにの正面写真、横向きの写真を撮って、これをパソコンで整理する。（……なんか……「これ、刑務所にはいる人の写真みたいだね……」って、微妙に夫婦間でも不評なのですが、将来、更に年をとって、自分家《ち》のぬいの名前をどうやっても思い出せなくなるかも知れないっていう、最悪の事態を考えると、これはもう、絶対に今、やっておかなければ。）

こんなことを自主的にやってくれる旦那を伴侶に持てて、私は、とても幸せな結婚をしたっていうことなんだろうなあ……。（惚気《のろけ》です。すみません。）

☆

あとそれと。これは、将来的にも、絶対必要な作業。

去年、私は母を看取りました。随分前に父も看取っていて、そんでもってうちには子供がいなくって……だから私は、とても、不安。

この不安というのは非常に簡単な話なのであって……〝私や旦那が死んだあと、うちのぬいは、どうなるんだろう？〟。

いや。

言っちゃなんだけど、これは不安だよ、これは、〝私が死んだあと私の息子はどうなるんだろう、娘はどうなるんだろう〟なんていうのと、桁が違う、不安だよ。

だって。息子や娘は、まあ、人間だもの。自分で動けるんだから、自分で自分のことを、何とかできる筈。けど、ぬいは……自分じゃ動けないし、〝ぬいは生き物だ〟っていう信念を持っていない人からすれば、家財道具の一種になっちゃうに違いなく、なら、処分されてしまう可能性も……。（ペットにもね、多分同じ不安はあるんだろうけれど、犬や猫なら、飼いだした時点で概ね寿命というものが推測できるし、さすがに飼い主が死んだからって、飼い犬や飼い猫をすぐに保健所に連れていってしまう人はそんなにいないと思う。けど、ぬいは……そもそも不死に近い生き物だし、その前に、〝生きている〟って思っている人が絶対的少数派だし、大体我が家に四桁の数がいるっていうだけで大問題だし……。）

旦那が定年になって、少し時間ができたら。

今、撮って整理しているぬい写真をもとにして、ぬいぐるみブログとか、たちあげようかなあって相談してます。うちのぬいぐるみの近況とかエピソードとか最近あった事件なんかを主に書くブログで、そんでもってそこで、将来的に、「里親募集してます」を、やるしかないかなあ。

ああ。

こんなこと、十代や二十代の頃には、想像もできなかったわ。

うちのぬいの身の振り方を決めないうちは、私も旦那も、死んでも死に切れないっ。

……なんか、とても変な話になってしまいましたね。

ですので、まあ、それは無視して。

恒例の最後の御挨拶（プラスα）で、このあとがき、しめたいと思います。

☆

このお話を読んでくださって、どうもありがとうございました。

ちょっとでも楽しんでいただければ、私は本当に嬉しいです。

そんでもって。もし。気にいっていただけたとして。


もしも、ご縁がありましたなら、いつの日か、また、お目にかかりましょう――。


そんでもってまた、もしも、あなたが。ぬいぐるみ好きだったとしたら。

どこかで、〝ぬいぐるみの里親募集してます〟って話を聞いたら。

その時、あなたに、ゆとりがあったら、ぜひ、検討してみてくださいね。

昨今は、子供がいない夫婦って、珍しくないので（あるいは、そもそも結婚していない
ぬいぐるみ好きだって沢山いる筈で）、自分の死後、自分のぬいぐるみの行く末に悩む人

は、きっと、いる筈……。

よろしくお願い致します。

平成二十四年七月

新井素子

# 新装版へのあとがき

あとがきであります。

ここしばらく、(私の書いているお話とはまったく別のことで) ぬいぐるみ関係の仕事や取材を受けることが結構ありました。

そこで、初めて判った……ないしは、実感したこと。

うん、すっごく嬉しいことに、最近では男性がぬいぐるみ好きでも、それはまったく普通のことになったみたいなんですね。(私と旦那が結婚した頃は――昭和の終わりよりちょっと前です――、これはとても特殊なことだったんです。だもんで、旦那はぬいぐるみ好きを公言することができず、私もぬいぐるみ関係について、旦那の話を書くことができなくて……。)

また、旅行なんかに出る時は、ぬいぐるみと一緒に行くのは当然、旅先でぬいぐるみと一緒の写真を撮るのも当然、そんなこと、私はずっとやっていたので (実は私と旦那の旅先での写真はあんまりない。あるのは、名所旧跡や、ホテルの綺麗なお部屋や、絶景でのぬいぐるみ写真ばっかり。だって、この方が絶対に可愛いし素敵なんだもん)、「それのどこがおかしい」っていう気分だったのですが……昭和の頃には、これを、〝おかしい〟と思うようなひと達の方が、圧倒的大多数だったんです……よね。

それが、今は。

なんか……結構な数の方が、普通にぬいぐるみと一緒に旅行をしている、ぬいぐるみと一緒に旅行の写真を撮っている……らしい。

ああ、これは。

素敵だ。

ちょっと感慨深いです。

これ、普通だったら、「ああ、ぬいぐるみについて、時代が私に追いついてきてくれたんだ」って思うだけなのですが……。

ちょっと違う話があります。

驚いたのは。

〝ぬい〟とか、〝ぬいさん〟とか、〝ぬい写真〟って言葉が……今、普通に、ある、の？

うん、〝ぬい〟とか〝ぬい写真〟って、普通にみんな、言っているみたい。

ふへえ。

……これは。これは、驚かずにはいられません。

何故って。多分。この言葉を作ったのは、私だからです。

ぬいぐるみを、〝ぬい〟って略したのは、多分、私が最初。〝ぬい写真〟を撮っているって言ったのも、多分、私が最初。

それが、今では普通の言葉になってしまっているし、普通のひとが普通にやっているのか。

う、う……うーむ。こ……こ……これは。

なんか、私、ちょっと……偉い？

……こんなこと、威張っても何の意味もないんですが。

と言うか、ヒト相手に威張っても何の意味もないんですが。

でも。

ぬいぐるみのみなさまには、いささか褒めて貰えるかなあ。

ああ、褒めて貰えたら、ほんとに嬉しい。うちの子達に、「ほお。素子さんもちっとは何かやっているのか、普段はあんなに莫迦《ばか》なのに」って思って貰えたら、こんなに嬉しいことはないです。

☆

うちは、本当にうるさいです。他のひとには聞こえないかも知れませんが、もう、あっちこっちのぬいが、しゃべるしゃべる。でも、これが私には、本当に楽しい。

「あのね、私はわに」

「ムー。ムーミン」

勿論、自分の所属や名前をしゃべっているだけではなく(それでは何を言いたいのかまったく判らない)、もっと自己主張をしているぬいも、います。

「素子さんはもっと私達カピバラを温泉に連れてゆくべきだと思う」

って、この間会津の温泉に行った時には、カピ二匹も一緒だったでしょ！

「そして、カピ達を温泉にいれるべき。カピは温泉に、つかりたい！」

……そ……そ……それは。あんた達、一応、布だからねえ。温泉にはいると、傷んじゃう可能性があるかも知れないので……ぬいはあんまり温泉にはいらない方がいいんじゃないかと、一応私は、あんた達の健康を気づかっている訳で。

「この間旦那が古い映画をみていた。したら、そこにはムー帝国というものがでてきていたのだ」

……はい、それはそうですね。

「ムーの帝国！　それをムーは作りたい！」

……それは間違いなく、ムーミンの帝国ではなく、沈んでしまった大陸の話だと思います。

でも、こんな会話を交わすことができるのが、とっても幸せ。

私は祈っております。

いつまでも……私と、ぬいが、みんなが……こんな莫迦なおしゃべりをすることができ、そして幸せでありますように。

いつの日も。いつまでも。

令和六年十月

新井素子

平成 三 年十一月　大陸書房
平成 五 年 三 月　新潮文庫
平成十三年 十 月　徳間デュアル文庫

本書は新潮文庫版を底本と致しました。

中公文庫

くますけと一緒《いっしょ》に
——新装版《しんそうばん》

2012年 8 月25日　初版発行
2025年 1 月25日　改版発行
2025年 6 月 5 日　改版 7 刷発行

著　者　新《あら》井《い》 素《もと》子《こ》

発行者　安 部 順 一

発行所　中央公論新社
〒100-8152　東京都千代田区大手町1-7-1
電話　販売 03-5299-1730　編集 03-5299-1890
URL https://www.chuko.co.jp/

ＤＴＰ　嵐下英治
印　刷　三晃印刷
製　本　フォーネット社


Published by CHUOKORON-SHINSHA, INC.
Printed in Japan　ISBN978-4-12-207599-3 C1193

# 中公文庫既刊より

各書目の下段の数字はISBNコードです。978－4－12が省略してあります。

あ-58-6
## 銀婚式物語
新井素子
『結婚物語』から25年。陽子さんが回想する、猫のこと、家のこと、そして得られなかった子どものこと……。ほろ苦さを交えつつも、結婚生活の楽しさを綴る長篇。
206027-2

あ-58-7
## ダイエット物語……ただし猫
新井素子
夫・正彦さんと愛猫。二人のダイエットに奮闘する陽子さんを描く表題作他二篇、文庫オリジナル「リバウンド物語」、夫婦対談「素子さんの野望」を付す。
206763-9

あ-58-8
## 素子の碁 サルスベリがとまらない
新井素子
四十歳を過ぎて夫婦で始めた囲碁。定石や難解な用語に悩みつつ、少しずつ上達してゆく喜びを綴るエッセイ。巻末に「祝還暦！　夫婦対談」を付す。
206970-1

み-50-1
## どこの家にも怖いものはいる
三津田信三
作家の元に集まった五つの幽霊屋敷話。人物、時代、内容…バラバラなはずなのに、ある共通点を見つけた時、ソレは突然あなたのところへ現れる。〈解説〉大島てる
206414-0

み-50-2
## わざと忌み家を建てて棲む
三津田信三
曰くのある家や部屋を一軒に纏めて建て直しそこで暮らすとどうなるか。あり得ない家に棲んだ者たちの運命は？〈解説〉松原タニシ
206902-2

み-50-3
## そこに無い家に呼ばれる
三津田信三
蔵から発見された三つの記録。それらはすべて「家そのものが幽霊」だという奇妙な内容で――。最凶「幽霊屋敷」シリーズ最新作！〈解説〉芦花公園
207396-8

み-50-4
## 七人の鬼ごっこ
三津田信三
自殺しようとしたえいくん――多門英介をわざわざ襲い、連続殺人を行う《鬼》は誰？　封じた記憶に潜む《鬼》。その正体とは――。〈解説〉若林踏
207541-2